1

Kitabımı Doğu Türkistan Halkına Adıyorum

Yazan

Memet Aydemir

1. Baskı 2008 Hamburg

2. Baskı 2019 Haselau

Herstellung und Verlag:

BoD- Books on Demand

Norderstedt
ISBN: 9783749484669
Bibiografische Information der Deutschen Biblothek:
Die Deutsche Bibliothek verzeichnet diese Publikation
in der Deutschen Nationalbibliografie; detaillierte
bibiografische Daten sind im Internet über
http://dnb.ddb.de abrufbar.

Doğu Türkistan

Doğu Türkistan'ın Türkler için sırlarla dolu ve kapalı kutu gibi olmasının başlıca sebebi birbirimize olan binlerce kitolmetere uzaklık ve Doğu Türksitan'dan bize gelen oldukça az bilgilerdir. Bunun yanına sıra o coğrafayda şehirlere ulaşım oldukça yorucu ve zordur. Doğu Türkistan'ın Kızıl Çin Ordusu tarafından 1949 yılında işgalinden sonra dünya ile bağlantıları neredeyse kopmuş 1991 yılında Sovyetlerin dağılmasıyla Çin'e alışverişe gelen milyonlarca Batı Türkistan tüccarlarının sayesinde bölgeye giriş ve çıkışlara izin verilmiştir. Bu tarihe kadar o bölgeye gitmek sıradan insanlar için neredeyse imkansızdı.

Doğu Türkistan'ın anlamına gelince, Uygurcada "doğu" kelimesi yok. doğuya, "Şarki" ülkelerine "Şarki Türkistan" diyorlar. "Türkistan" kelimesini ikiye ayırırsak "istan" eki "vatan, yurt" anlamına geliyor. "Türkistan" "Türklerin yurdu" demektir. Sovyet döneminde Kazakistan, Kırgızistan, Özbekistan, Türkmenistan ve Tacikistan olarak beş büyük parçaya bölünen Batı Türkistan halklarına aşırı milliyetçilik aşılanarak Türk kimlikleri unutturulmuş, onun yerine alt kimlikleri kabul ettirilmiştir. Türk halklarından, hiç biri Uygurlar ve İran sınırları içinde kalan Güney Azerbaycanlılar gibi açıkça "Biz Türk'üz" demiyorlar. Bu halkların içinde yaşayan Türkiyeli bir insan bir iki hafta onlarla çok rahat konuşabiliyor. Aynı kişi yabancı bir dil öğrenemeye kalkışsa belki yıllarını alacaktır.

Uygur Adı

Uygur adı Türkçe kaynaklarda, Orhon yazıtarında ilk defa 716 yılında geçmiştir. Uygur adının anlamı hakkında çeşitli görüşler vardır. Uygur'un manasının "şahin gibi hızla hücum eden, orman halkı", "çukur" anlamlarında olduğu söylenmiştir. Uygur adı "uy-uymak, takip etmek" fiilinden türemiştir. Ebulgazi Bahadır Han da Uygurların adını "uymak, yapışmak" fiiline dayandırır. Kaşgar'lı Mahmut'ta ise, "kendi kendine yeter" manasında kullanıldığı anlatılmaktadır. Kelimenin genellikle uy+gur şeklinde geliştiği, "akraba, müttefik" anlamında olduğu, yolunda açıklamalarda bulunulmuştur. Uygur, Türkçede olan "Uygar" sözü ile tercüme de ediliyor. Çünkü Uygurlar, bütün Türk halklarından ilk önce göçebe hayattan, yerleşik hayata geçerek şehirler kurup ticarete başlamışlardır. Bunlar Uygur adının bazı açıklamaları. 1928 yılında Almanya`da Doğu Türkistan isimli yayınlanan bir kitapta bu kitabı yazan araştırmacı ekibi 1904-1928 yılına kadar Kuçar ve Turfan`da çok sayıda incelemeler yapıp el yazması eski yazıtları toplayıp Almanya`ya göndermişler „Von Land und Leuten in Ost-Türkistan" isimli kitapta tek bir defa Uygur adı geçmiyor onun yerine belki 50 yerde „Doğu Türkleri" ifadesi kullanılyor.

1926 yılında Taşkent'deki Uygur Maarif Kurultayında Rus Türkolog S.E.Malov'un teklifine göre o zamanlar 7 şehirliler ve Kaşgarlılar adıyla bilinen Doğu Türkistan nufusuna eski Uygurların mirasçısı olduğu için Uygur adı verilmiştir. Bu ad Özbek, Tacik, Kırgız, Türkmen Kazak gibi parçalanan Türkistan Türk uygarlığının parçalarına verilmiş yeni addır.

Doğu Türkistan Seyahatim

Kırgızistan'ın hemen hemen bütün bölgerini on günden fazla dolaşarak, alışık olmadığım eşsiz bir misafir perverlik ve dostluk gördükten sonra, Doğu Türkistan'a haraket etmek için Bişkek otobüs terminalinde beklemeye başladım. Bineceğim otobüsün plaka numarası bilette yazılıydı. Durakdaki levhada da aynı numara vardı. Bir banka oturup beklerken, saat dörde yaklaşmıştı. Benden başka otobüs bekleyen yolcu da yoktu. Bir müddet sonra üç genç kız geldi. Kendi aralarında sohbet ediyorlardı. Benim için, „Yahşi birine ohşuyor" (iyi birine benziyor) dediklerini duydum. Üçü de yanıma geldiler. Sanki anlıma „Bu Türk'tür" yazıyormuş gibi içlerinden birisi çok güzel Türkçeyle „Siz Türk müsünüz?" diye sordu „ "evet ben Türk'üm ya siz?" „Biz Kırgızız" aralarında olan sarı elbiseli kızı göstererek: „Bu kız bizim okul arkadaşımız, kendisi Uygur, Artuş'a gidecek, onu size emanet etsek yolda dikkat eder misiniz? „Elbette, o benim kız kardeşim otursun buraya" „Siz Türkçeyi nerede öğrendiniz?" Her iki Kırgız kız da Türk lisesinde okuduklarını çok güzel bir Türkçeyle anlattılar, bize hayırlı yolculuk dileyip gittiler.

Uygur kız Bişkek'te Rusça öğrenmek için okuyor, memleketine yaz tatiline gidiyordu. Kendisiyle biraz sohbet ettim. İsmini sonra unuttum. Uygurlarda, Kırgız ve Kazaklarda olan katı lehçe yok. Bizim için onlarla anlaşmak daha kolay. Fakat aralarında en az iki üç hafta yaşamak gerekiyor. Uygurlar ile Kırgızlar birbirleri ile çok net ve açık bir şekilde anlaşıyorlar.

Saat beş oldu, otobüs yoktu. Altı oldu, otobüs gelmedi, üstelik bizim beklediğimiz yere başka yolcular da gelmedi. Çok yaşlı bir Rus kadın elinde bir tansiyon ölçme aleti ile geldi, tansiyonumuzu ölçmek istedi, kabul etmedik. Herhalde yanlış

6

yerde bekliyoruz diye şüphelenmeye başladım. Saat yedi olmuştu otobüs ancak geldi. Otobüse binerken şaşkınlığımı zor saklayabildim. Otobüste koltuk yerine iki katlı ranzalar vardı. Bütün yol ranzalarda yatarak geçiriliyor. Otobüsün içi yolcu doluydu. Yolcuları başka bir terminalden mi, yoksa başka şehirden mi almışlardı bilemiyorum. Şansımdan olacak, en ön ranza benimdi. Belki biri bu yeri ayırtmış sonra gelmeyince bana vermişlerdi. Bu otobüs Çin plakalı ve çok eskiydi.

Çantalarımızı bagaja verdikten sonra yola çıktık. Sarı elbiseli Uygur kızı benim bir arkamdaki sağ ranzaya uzandı, benim yanımda yaşlı bir Uygur, sarı elbiseli kızın karşısında yakışıklı bir Uygur genci vardı. Yaptığı kavga sonucu olsa gerek, sol kaşı alnının ortasına kadar patlamış, dikiş atılmıştı. Yüzünü başka darbeler de süslüyordu. İkisi hemen eski iki dost gibi sohbete başladılar, bana artık ihtiyacı kalmamıştı. Yavaş yavaş eski otobüsle şehirden henüz çıkmaya başladık, şoför muavini bana baktı: "Sen hangi millettensin?" "Ben Türküm" Başını sağa sola salladı. "Bu yol yalnız Kırgız ve Çin pasaportu taşıyanlara açık, sen bizim gideceğimiz, Narin üstündeki sınırdan geçemezsin. Senin paranı iade edelim, burada in." "Nasıl olur? Benim Çin vizem var, bileti otobüs terminalinden aldım" diye anlattım. Elini bana uzattı, "Seninle bahse girerim, sen sınırından geçemeyeceksin. Yalnız Oş üzeri olan sınırdan geçebilirsin."

Bu sözleri benim tüm huzurumu ve içimde olan mutluluğu kaçırmıştı. "Bu da nerden çıktı?" Diye kendi kendime sorular soruyor, onun sözlerinde bir mantık arıyor, fakat mantık bulamıyordum. Sonra şoför işe kanştı: "Biz bu yollarda on yıldır yolcu taşıyoruz, birkaç defa Özbekler bizim otobüse bindiler her seferinde sınırdan geri döndüler." "Siz beni götürün, ben sınırı geçeceğim" diyerek kendileri ile iddiaya girdim. Yolumuza devam ettik. Karanlık iyice çökmüştü, yollarda bir şey gözükmüyordu.

Yatsı namazı vakti gelmişti. Otobüsteki Uygurların çoğu ve bir iki Kırgız oturdukları yerde namazlarım kıldılar. Kırgızistan doğumlu birkaç Uygur ve Kırgız, otobüsün ön tarafında toplanıp sigara ve votka içiyorlardı. Beni de çağırdılar gitmedim. Hepsi bavul ticareti yapan insanlar, tek amaçları birkaç kuruş ekmek parası kazanmaktı. Uzun yolları muhabbetle kısaltıyorlardı.

Gece yansı olmuştu, bir güzel restoranda yemek molası verildi. Sarı elbiseli kız, bana emanet edilmiş olduğunu unutmamıştı ve otobüsten inerken yanıma geldi, beraber Uygurlarla bir masaya oturduk, Kırgızlar ayrı masalara oturdular. Otobüs iki gruba bölünmüştü.

Uygurlar benim Türk olduğumu öğrendikten sonra nasıl bir ilgi gösterdiklerini kelimelerle anlatmam imkansız. Sanki dünyanın en ücra köşesinden yıllardır bekledikleri bir akrabaları gelmişti. Ticaret için değil, onları görmek ve tanımak için geldiğimi duyunca bana karşı olan hürmetleri ve sevgileri bir o kadar daha artmıştı. Yanlarında getirdikleri çok lezzetli haşlanmış koyun ederini dilimleyip keserek, taze pide ile önüme sürdüler. Türkiye'den ve Almanya'dan insanların yaşantılarını sordular. Onlara benden öğrenmek istedikleri her şeyi en ince ayrıntılarına kadar anlattım. Kendi kazançları karşısında bizdeki aylık maaşları duyunca, onlara sanki gerçek değil bir masal gibi geldi. Onlar bizdeki yüksek aylık maaşın hayalini bile kuramıyorlardı. Bazıları Çin'den kumaş getirip Kırgızistan'da satıp geri dönen, zamanın İpek Yolu tüccarlarıydı.

8

Çaylarımızı içtikten sonra tekrar yola koyulduk. Yıldızları izleyerek, çukurlu yollardan yavaşça ilerliyorduk. Şoförün sözlerinden dolayı uykum ve neşem kaçmıştı. Otobüsün ön tarafına gittim, bir sigara yaktım. İki adam ön tarafta içki içiyordu. Hemen elime bir plastik bardakta votka tutuşturdular. Kendilerini tanıştırdılar. Biri Ukraynalı, diğeri Kırgızistan doğumlu bir Uygur'du. Elimdeki votkayı Uygur'un kadehine boşaltarak, "Siz için ben şimdi içmiyorum" dedim. Adam bir yudumda bütün votkayı içtiği gibi otobüsün merdivenlerine kustu. Yola çıktıktan beri içiyordu. Acı bir şekilde yüzüme bakarak, "Sen beni öldürdün" dedi. Yanımda su vardı, verdim, içti. Özür diledim. Bir bidon suyla merdivenleri yıkadı.

Kırgız, Çin sınırında görev yapan birkaç asker gece Narin'de otobüse bindi. Bu askerlerden biri ön tarafa gelerek sigara yaktı. Şoförle benim hakkımda konuştular. Adam beni yanına çağırdı "Merak etmeyin ben sizi sınırdan geçirtirim" dedi.

Kendisi gümrük ve pasaport kontrollerinin yapıldığı gümrük şefiymiş. Allah bu dağların başında imdadıma yetişmişti. Sabah oldu, hava aydınlamaya başlamıştı. Yaylalara çıkan Kırgız köylüler eski tren vagonlarını seyyar evlere çevirip dağların eteklerine getirip yaz aylarında içinde yaşıyorlar. Sabah uyanıp, vagon evlerin ocaklarını yakmışlar, bacalarından dumanlar çıkıyordu. Güneş artık tüm dağlara altın sarışın ışıklarını sermeye başlamıştı. Tampon bölge sınır kapısına geldik. Bu kapıdan pasaportu olan herkesi asıl sınıra kadar bırakıyorlar.

Yolun en zor kısmının 65 km uzunluğunda olan tampon bölgeden dağlara doğru yükseliş olduğunu söyleyebilirim.

9

Tanrı Dağları'na tırmanış, çakıllı yollarda eski bir otobüsle, hem şoförü hem de yolcuları çok yorarak geçiyordu.

Otobüs yılların yorgunluğu ile, kendinden emin, arkasında kara bir egzoz bulutu bırakarak dağlara ağır ağır tırmanıyordu. Dağların epey yüksek seviyesinde yak sığırları gördüm. Bu sığır cinsi normal olarak yalnız Tibet ve Moğolistan'da görülür, buraya kadar getirmişler.

Otobüse binen gümrük şefinin sözleri yüreğime sanki soğuk su serpmişti, çok hafiflemiştim. Nihayet Tanrı Dağları'ndaki gümrüğe geldik. Bulunduğumuz yüksekliğin 3.500 metre olduğunu bir Kırgız gençten sohbetimiz sırasında öğrendim. Tanrı Dağları'nın en yüksek noktası 7.400 metre, uzunluğu 2.000 km. Bu dağlar Doğu ve Batı Türkistan'ı ikiye ayırıyor.

Sonunda gümrük binasının önüne geldik. Hepimiz otobüsten indik. Sınırda birkaç askeriye koğuşu ve nöbet tutan Kırgız askerleri görmek bana gerçekten gurur veriyordu. Ben Kırgızları kendimizden biri olarak görüyordum. Pasaport kontrolü için hepimiz sıraya girdik, gümrük binası dünya standartlarında çok güzel kurulmuştu. Bilgisayar, fotoğraf çekmek gibi modern çağa uygun her şeyi düşünmüşlerdi. Nihayet sıra bana geldi. Fakat otobüste tanıştığım gümrük şefi ortalıkta yoktu.

Pasaportumu kendimden emin bir gülümseme ile kabinin içinde oturan güler yüzlü Kırgız askere uzattım. Eline aldı, baktı. Gönlü beni geri çevirmeye elbette razı değildi. Bana bakarak yüzümde bir ifade aradı, vereceğim tek ifade, "Beni bırakın" olabilirdi. Sanki yüzümdekileri okudu. "Ben sizi bırakırım, bizim için problem değil, fakat Çinliler sizi orada

10

görünce Bişkek'e merkeze haber verecekler, bu sefer biz zor duruma düşeceğiz" dedi. Beni onun bırakacağından hiç şüphem yoktu. Yalnız yüzüne baktım. Pasaportumu damgaladı. "Geç" dedi. Mutu bir şekilde otobüse bindim, şoföre: "İşte geçtim" dedim. Nasıl geçtiğime gerçi o da şaşırmıştı. "Kimseyi bırakmıyorlar seni niye bıraktılar?" Anlamadım. "Ben Türkiye'den misafirim, elbette bırakacaklar." "Çin sınırından seni geri çevirecekler, orada ne otel, ne yemek, ne de su var. Çinlilerle konuşamayacaksın, geri dönmek için arabayı nasıl bulacaksın, tek başına ne yapacaksın?" "Orada Uygurlar var, onlar bana yardım ederler." "Sınırda Çinlilerin arasında bir Uygur bile yok gidince göreceksin." Otobüste olan yaşlı bir Kırgız söze karıştı: "Ben ağabeyimi Artuş 'a ziyarete gidiyorum. Çinli askerlere diyeceğim ki, bu benim dostum, kendisi ile Kırgızistan'da tanıştım, onu da yanıma aldım, ağabeyimi ziyarete gidiyorum. O zaman bırakırlar." Sonra adam oradaki Uygurlara seslenerek,

"Benim sözlerimi kabul etmezlerse siz bu adamı misafir olarak götürdüğünüzü söylersiniz, geçirirler." İçlerinden bir Uygur, "Biz polisten korkarız, bir şey diyemeyiz." Daha önce Çin'e gittiğimde Uygurlarda olan korkuyu gördüğüm için Kırgız adama, "Bunlar Çin polis ve askerlerinden korkuyorlar, yardım edemezler" dedim.

Kısa bir müddet sonra Doğu Türkistan sınırına geldik. Hepimiz yine otobüsten indik, nedense o an dikkatimi çekti, otobüsün motoru bütün yol boyu hep çalışıyordu. Bir saat de bir yerde beklesek, motoru stop etmiyorlardı. Dağların sessizliğini yalnız motorun gürültüsü bozuyordu. Trafik pek yoktu. Yolcular yorgunluktan konuşmuyorlardı. Burada bir Kırgız sofi ilk defa dikkatimi çekti, bütün yol boyu gözüme ilişmemişti. Pakistanlılar gibi giyinmişti, hep gülümsüyordu. Çok mutluydu.

Çinli, kısa boylu bir asker geldi. Bütün pasaportları topladı. Benim pasaportumu görünce başını sallayarak gitti. Birazdan bir üst rütbeli başka asker yanıma geldi. Güzel bir İngilizceyle, bu pasaportla Çin sınırından geçemeyeceğimi anlattı. Bu yolun yalnız Kırgız ve Çin pasaportu taşıyanlara açık olduğunu izah etti. Ben ise başka bir ülke vatandaşıydım ve geri gitmem gerekiyordu.

Otobüsteki ağabeyinin yanına giden Kırgız, sarı elbiseli kızı yanına çağırdı, otobüste bize anlattıklarını kıza tekrar güzel bir dille anlattı. Sanki sarı elbiseli kız oranın şefiydi. Sanki bu sözlere karar verecek olan Çinli askerler değil de zavallı kızdı. Kız anlatılanları askere Çince tercüme etti. Asker, bana bakarak, "No, no" diyerek gitti.

Ah Uygurlar; otobüste içki ve sigara içmeyen, namazlarını yolda bile kaçırmayan zavallı Uygurlar, bana gösterdikleri misafirperverliği ve o tatlı dillerini yutmuşlardı. Hiçbiri ne askerlere yaklaştı ne de söze karıştılar. Uzaktan durup her şeyi dinlediler. Sınırın öbür tarafında bir Uygur genci bu taraftan yolcu bekliyordu, aramızda üç- beş metre vardı. Donmuş bir heykel gibi beklediği adamlara bakıyordu. Korkudan selam bile veremiyordu.

Komutan aslında bana yardım etmek istiyor, geri çevirmek istemiyordu. Neticede onlar da insandı ve dağ başında bir insanı zor duruma düşürmek onlara bir şey kazandırmayacaktı. Elindeki küçük cep telefonu ile defalarca kendisinden üst rütbeli amirini aradı, fakat cevap veren olmadı. Belki otobüs beni bir saat bekledi. Ben onlara gitmelerini söyledim. Fakat beni yalnız bırakmaya gönülleri razı değildi. Otobüsün motoru dağlarda yankılanıyor onlar da çaresizce beni bekliyorlardı. Israr ettim, "Siz gidin" dedim. Yine de gitmediler. Sonra komutan yanımıza geldi. Şoföre yola devam etmesini söyledi. Hepsi otobüse binip benim halime üzülerek yola koyuldular.

3.500 metre yükseklikte Tanrı Dağları'nın başında, kızgın güneşin alünda aç, susuz, uykusuz, darmadağın, perişan ve yorgun, tek başıma kalmıştım. Ne yatacak bir yer, ne yiyecek bir lokma ekmek, ne de bir yudum su, ılık bile olsa yoktu. Bana otobüsün arkasından çıkan kara dumanı izlemek kaldı.

Bir taşın üstüne oturdum, sigara yaktım. Sınırın karşı tarafına geçeceğime, Kaşgar'a gideceğime dair içimde hiç bir saniye bile olsa şüpheye kapılmadım. Arada bir gelip geçen büyük kamyonları izliyordum. Hepsi Çin plakalıydı. Çin hükümeti yabancı plakalı araçları kendi toprağına sokmuyor. Çinli askerleri ve dağları izlemekten başka yapacağım fazla bir şey yoktu. Şoförün dedikleri doğru çıkmıştı. Bu kadar askerin içinde bir Uygur gözükmüyordu. "Ne yapabilirim" diye düşünüyordum. Benimle ilgilenen kısa boylu komutan yine yanıma geldi: "Ben sizi sınırdan geçireceğim, fakat bir turizm şirketinden davetiye lazım." "Tamam, çağırın." "Bekleyin." deyip gitti. Bir saat sonra bir minibüs geldi. Çinli genç bir kadın kapıyı açıp, beni içeri çağırdı. Güzel İngilizce biliyordu. Minibüsün içi pırıl pırıldı. Otobüsteki dağınıklık bu küçük arabayı gözümde güzelleştirmişti. "Ben sizi Kaşgar'a götürebilirim ama 200 dolar vereceksiniz."

İstediğinden fazlasını dolar yerine euro olarak verdim. Beklenmedik gelen yardıma minnettardım. Artık yıllardır görmeyi hayal ettiğim, özlediğim toprakları görmek nasip oluyordu. Beklediğim heyecanı en güzel duygular ve sevinçlerle yaşamaya başladım. Sınırdan Artuş gümrüğüne kadar 45 dakikalık bir yolumuz vardı. Oraya kadar yol tampon bölge. Bu bölgede de az sayıda köyler vardı. Küçük toprak evlerde genellikle Kırgızlar yaşıyor. Yol asfalt değildi. Toprak yol bir nehrin kenarından geçiyordu, dağlardan akan suya kırmızı toprak karışmış, su kıpkırmızıydı. Sert ve sivri kayalıklar vardı. Böyle tabiat ve manzarayı ilk defa görüyordum. Sanki başka bir gezegene gelmiştim. Dağın öbür tarafı yeşillik, bu tarafı kuru kayalıklardan oluşuyordu. Yol boyu geldiğim otobüse yetişip onları görmek, dost olduğum insanlara sınırı geçtiğimi gösterip hepsini sevindirmek istiyordum. Fakat otobüs çoktan gitmişti. Artuş'a kadar arabada hiç konuşmadık, içimde olan sevinci doyasıya yaşamak istiyordum.

Artuş gümrük binasına girdik. Benimle yolculuk yapan bütün yolcular sıraya girmiş, pasaport kontrolü için bekliyorlardı. Bilgisayarlar arızalanmış, işlem yapılamıyordu. Eski yol arkadaşlarımın hepsi beni görünce sevindi. Şoför yanıma gelerek sordu: "Nasıl geçtin?" "Ben geçerim dedim mi?" "Evet dedin.""İşte geçtim. Yiğidin ağzından söz bir defa çıkar."

Bilgisayarları polisler çalıştıramıyordu. Beş altı polis sıra sıra dizilmiş kabinlerde çaresiz birbirlerinden yardım diliyor, boşuna uğraşıyorlardı. Önümdeki Kırgız sofi kısa sakalını sıvazlıyor, mutluluk içerisinde çevresinde olup bitenlere bakıyordu. Bir Çinli polis geldi. Sakalından ve kıyafetlerinden İslami terörist diye şüphelenmişti. Çantasını açtırdı. İçinde olan birkaç dua ve dini kitapları birer birer inceledikten sonra, dış kapakları iyice eskimeye başlamış olan kırmızı kapaklı pasaportunu alıp bir odaya gitti. Sofi hiç bozuntuya vermeden mutlu bir şekilde gülümsemeye, altın dişlerini etrafında olan insanlara göstermeye devam etti. Sofinin yüzünde olan mutuluğa imrendim. Keşke sofide olan mutluluğun sırrını bir bilseydim.

Polis bir müddet sonra pasaportunu getirip verdi. Kabinlerin içindeki Çinli polisler bilgisayarlara bir çare bulamıyordu. Pasaport numaralarım elle yazmaya başladılar. Bizim orada olduğumuz an belki ondan fazla polis vardı. İçlerinde bir tane bile Uygur yoktu, hepsi Çinliydi. Yalnız üstü başı tozlu eski elbiseler ile büyük bavulları röntgen makinesine koyan iki hamal Uygur'du. Onlar da burada bu işi bulduklarından hiç şüphesiz çok mutluydular.

Gümrük binasından çıktık, minibüse giderken, dağ başında tanıştığım Kırgız gencin bana baktığını gördüm. Benimle gelmek istiyordu. Sarı elbiseli kız zaten Artuş'ta kalacaktı. Gence işaret ettim, koşarak geldi, arabaya atladık ve Kaşgar'a doğru yola çıktık ikimiz de tek kelime konuşmadık. Bir saatlik yol anlatılmayacak kadar güzel geçiyordu. Artuş'dan Kaşgar'a giden yol iki tarafları kavak ağaçları ile kaplıydı. Akşamın serinliği çökmüş insanların evlerine gitme saatleri gelmişti. Yolun iki kenarındaki Uygur ve Kırgız kadınlar, kızlar, çocuklar, erkekler rengârenk elbiseleri ile bazıları bisiklet, bazıları motosiklet, bazıları yaya yol kenarlarında yürüyorlardı, insanlara baktıkça içim sevinçten doldu boşaldı. Arabadan inip hepsine sarılıp kucaklaşmak istiyordum. Bu kadar sevinip duygulanacağımı hiç bir zaman aklımdan geçirmemişdim. Yolu heyecan ve sevinçle sanki uçarak gittik. Zamanın nasıl geçtiğini anlamadım.

Şehre girdik, beni sınırdan alan kadın nasıl bir otele gideceğimizi sordu. "Merkeze yakın bir yer olsun." dedim. Güzel ve düzenli yollardan şehir merkezine doğru ilerledik. Büyük bir otelin önünde durduk. Kaşgar'a geldiğimize hala inanamıyordum. Tüm zorluklara rağmen ayaklarım nihayet

15

2.400 yıllık tarihi Kaşgar şehrinin topraklarına değmişti. Bütün Türkistan'da görülecek üç Türk şehri var. Semerkant, Buhara ve Kaşgar. ikisini görmüş, hayalimde Kaşgar kalmıştı. Sonunda muradıma ermiştim. Şimdi Doğu Türkistan seyahatimi bütün heyecanıyla yaşayacaktım. Kırgız genci benim kaldığım otele sonradan geleceğini söyleyerek vedalaşıp ayrıldı.

Kaşgar

Kaşgar'a geldiğimde hava henüz aydınlıktı. Güzel bir otelin kapısından içeri girdim. Beni iki güler yüzlü Uygur kadın kabul yerinde karşıladı. Pasaportumu kadınların birine uzattım. Üzerindeki ay yıldızı görünce, yüzlerinde bir tebessümle birbirlerine baktılar. "Siz Türk müsünüz?" Olumlu cevap aldıktan sonra kadınlardan biri pasaport numaramı bilgisayara not edip mukaddes bir emanet gibi yavaşça çekmeceye koydu. Bana sıcak bir gülümseme ile bakıyorlardı. Sanki yıllardır bekledikleri bir akrabaları gelmişti. Duvarda otelin günlük fiyat tarifesi asılıydı. Büyük bir oda 160 Yüen'di. Kadınlar benden geceliğine yalnız 80 Yüen aldılar. Duvardaki yazıyı gösterdim. "O tarife sizin için değil" dediler. Kendilerine teşekkür ederek odama çıktım. Kaşgar'a gerçekten güzel oteller kurmuşlar. Bir gündür yollardaydım, çok yorulmuştum. Önce duş aldım, tıraş oldum. Elbiselerim kirlenmişti, aşağıdaki kadınlara gidip çamaşırhaneyi sordum, çantamı elimden alarak, "Biz hallederiz" dediler. Beni üç beş metre ötede, kapının dışında, İpek Yolu üzerindeki 2.400 yıllık Kaşgar şehri tüm cazibeleriyle kendisini göstermek için bekliyordu.

Hava yavaş yavaş kararmaya başlamıştı, yeni geldiğim yabancı bir şehirde yalnız başıma hemen uzakları dolaşmaya çıkmadım. Otelin yakınında bir restorana yemek yemeye gittim. Restoranın içerisi gerçekten çok güzeldi. Epey müşteri vardı. Orta yere dans etmek için boş bir alan açmışlar. Uygurlar oyun oynuyorlardı. Bu oyunda erkekler ve kadınlar karışık, dönerek bir çemberde dolanıyorlardı.

Bir müddet onları izledim. Canlı müzik bittiği zaman bir de baktım, bizim Türk müziği sanatçılarının parçaları CD'den çalmaya başladı. Hem çok şaşırdım hem de sevindim. Demek ki birbirimize çok da uzak kalmamışız. Bir saate yakın oturdum. Müzik aralarında devamlı Türkçe parçalar çalıyordu. Odama geri geldim. Yorgundum, yatıp uyudum. Erkenden uyandığımda sabah ezanını duyacağımı bekliyordum; fakat duymadım. Fotoğraf makinemi boynuma asıp Kaşgar caddelerini dolaşmaya başladım.

Kaşgar'ın güzel düzenli yolları var. Yol boyu modern binalar kurulmuş, bu güzel yollarda her yıl yüzde 9-12 arası kalkınma rekorları kırdığını açıklayan Çin hükümeti herhalde Uygurların daha eşek ve at arabalarıyla dolaştıklarını Pekin'den görmüyor. Çin'in diğer şehirlerinde olduğu gibi Kaşgarlılar da bisiklet ve motosiklet binmeye alışmışlar. Başörtülü çok sayıda Uygur kadın ve kızlar, erkekler gibi bu taşıtlara biniyorlar. Uygur kadınların kıyafetleri çok güzel, renkli ve ilgi çekicidir. Renkli elbiselerin üstüne parlak pullar dikmişler. Güneş vurunca elbiseleri inci gibi pırıl pırıl parlıyor. Eski tarihi evlerin gözüktüğü bir tepeye doğru yokuş yukarı çıkmaya başladım.

Dar, birbirine dayanmış tarihi Kaşgar evleri sanki Anadolu'nun bir köşesiydi. Eski evler genellikle bahçeli, bahçe giriş kapıları oymalı tahtadan yapılmış. Yollarda başörtülü, peçeli çekingen kadınlar başlarını yerden kaldırmadan ürkek adımlarla yürüyorlar. Erkeklerle göz göze geldiğimde başlarıyla selam veriyorlardı. Büyük bahçeli, oyma ağaçlardan süslü güzel giriş kapısı olan görkemli bir evin önünde durdum. Bu evin bir

17

resmini çekmek istiyordum, fakat bahçesi yüksek duvarlarla örülmüştü, dışandan görüntü alınması mümkün değildi. Bahçeye girmem gerekiyordu. Komşu evin kapısının önüne bir adam çıktı, selâmlaştık. Bu evin bir resmini çekmek istediğimi söyledim. "Evin erkeği akşama gelecek, gelip izin alır yarın gelirsiniz" diye izah etti. Ayrılırken, elini sağ göğsünün üstüne koyarak "Size bir hizmetim olabilir mi?" diye sordu. Ben aynı cümleyi daha önce Azerbaycan'da duymuştum, şaşırıp kaldım.

Yoluma devam ettim. Dar sokaklarda küçük çocuklar oyun oynuyorlardı. Bir küçük mescidin önünde durdum. Yaşlı üç dört adam oturup sohbet ediyorlardı, yanlarına oturdum, biraz sohbet ettik. Öğlen namaz vaktine az kalmıştı, imamı bekliyorlardı. Uygurlar cami imamlarına "müezzin" diyorlar. Caminin anahtarı müezzinde oluyor, namaz vakti dışında camilerin açık olmadığını anlattılar. Bunun sebebini daha sonra Urumçi'de öğrenecektim.

Hava, şansıma çok serindi ve gezmek için hiç bir sorun yoktu. Yol kenarlarındaki küçük-küçük dükkânlarda Uygurlar değişik işlerle uğraşıyorlar. Çok sayıda tandırda taze pide pişiren fırınlar vardı. Bazen küçük sokak aralarında yüzü peçeyle kapalı kadınlar gözüküyordu. Kaşgar 'ın Sünni Müslüman halkı dinine çok bağlı ve dindarlar.

Bir restoranın önüne geldiğimde karnım acıkmaya başlamıştı. Kaşgar'da iki çeşit restoran tipine rastladım. Uygurların "Aşhane" dediği restoranlar, restorandan daha çok yemek satan dükkânları andırıyor. Birkaç plastik masa ve sandalyeden oluşan aşhanelerin önünde genellikle bir kömür mangalı, mantı çeşitleri ve kebaplar oluyor, ikinci restoran tipi: bizim bildiğimiz güzel ve modern restoranların benzeridir.

Aşhanenin önündeki masaların arasında boş bir masa vardı, oturmadan önce oradaki müşterilere duyacakları bir şekilde, "Es selamın aleyküm" diyerek selamladım. Cevap veren olmadı. Sessizce oturdum. Dört tane kebap söyledim. Uygurların kebapları çok küçük oluyor.

Adamların neden konuşmadığına şaşırıp kaldım. Ben konuşmak istiyordum fakat onlar yabancılarla konuşmaktan öyle korkuyorlar ki, selamımı bile almadılar. Söz açmak için, garsondan tuz istedim ve dedim ki, "Yemek tuzsuz, çay şekersiz olmaz." Cevap vermedi, yalnız gülümsedi. Masam boştu. Bir adam gelip oturdu, gözleri bendeydi, bir şeyler sormak istiyordu, korkudan konuşmadı. Neden sustuğunu sonra anladım. Birkaç masa ileride üç tane Uygur polis yemek yiyordu. Boynumdaki makineyi görüp bana öyle sert bakıyorlardı ki, eğer filmlerde olduğu gibi bu adamların gözlerinden lazer ışığı çıksaydı beni belki yüz parçaya böleceklerdi. Çinlilerin verdiği bu makamla kendilerini buranın hükümdarı sanıyorlardı. Bu adamların korku verici bakışını hiç bir yerde şimdiye kadar görmemiştim. Bunlar insanları bakışlarıyla korkutmayı öğrenmişler. Kimseyle konuşamadan, kırgın bir halde kalktım ve yola çıktım. İnsanların çok soğuk olduğu Avrupa'da bile insanlar bu kadar çekingen değiller.

Az sonra kendimi tesadüfen Kaşgar'ın en eski alışveriş pazarlarından birinin tam ortasında buldum. Burası arada bir gelip geçen motorlu araçlar olmasa, gerçekten 400 yıl önceki Kaşgar'dı. Eski binaların altında sıra sıra dizilmiş çok sayıda dükkanlarda el yapımı bıçaklar, kılıçlar, kamaların yanında bakırdan, ağaçtan, günlük ihtiyaç malzemelerinin yanı sıra müzik aletleri yapan ustaların çekiçlerinden çıkan sesler zamanın burada durduğunun bir simgesiydi. Birçok tandırda pide pişiren fırıncılar, dumanı yükselen kebapçılar seslerin kokuların, renklerin birbirine karıştığı bu çarşı insanın televizyonlardan, videolardan gördüğü tarihi canlandıran film parçaları gibiydi.

Tarihi sokağın en sonunda bir köşede on, on beş genç ellerindeki eski cep telefonlarını çok kıymetli elmaslar gibi elden ele vererek satmaya uğraşıyorlardı.

Bu dükkanların arasında saz yapıp satan iki dükkana rastladım. İçerideki sazlara baktım, tip olarak bizim sazlardan bir farkı yoktu. Fakat onların sazları sedefle işlenmiş muazzam güzellik taşıyordu. Ustalardan biri benim için biraz saz çaldı. Çok hoşuma gitti. Doğu Türkistan'da çok sayıda müzik makamları, müzik aletleri tarih boyu Tebriz üzerinden Osmanlı saraylarına kadar gitmiştir. Dükkanda çok değişik başka ülkelerde görmediğim yanlız kendilerine ait müzik aletleri vardı saz dışında hiç birisin ismini bile bilmiyordum.

Başka bir küçük dükkanın önünde üç yaşlı adam oturuyordu. Dükkanın içinde Sultan Ahmet Cami'nin büyük bir posteri asılıydı. Yanlarına giderek selam verdim, selamımı aldılar. Yüzüme mutluluk ve tebessümle baktılar. "Nereden geldin, nereye gidiyorsun" diye soran olmadı. Kendim söze başladım. Posteri göstererek, "Bu poster Türkiye'de, ben oradan geldim." Başlarıyla memnun olduklarını işaret ettiler ve bütün diyalog bu kadarla kaldı.

Bir dükkanın önünde tabii, tıbbi, otlar ve kökler satılıyordu. Satılan mallara bakarken, dükkan sahibi kapının önüne çıktı. Biraz sohbet ettik, sonra içeri girdik. İçeride iki Uygur daha vardı. Adamlar bana şaşırmam için bazı kutuları açıp içinde kurutulmuş kurtları ve böcekleri gösterdiler. Biri beni şoke etmek için bir kavanozu bana uzattı. Camdan kavanozun içinde beş on tane canlı, zehirli akrep vardı. Bu akrepleri ezip zehrini hangi hastalıklarda tedavi için kullandıklarını anlattılar. Oysa pek şaşırmadım. Merhum Tatar Dr. Rahmati' in 1929-1933 yılları arasında Uygurların tıbbi ilaçları hakkında yayınlanmış Almanca üç kitabı vardır. Adamlar bana ılık bir bardak su verdiler, içip yola koyuldum. O gün epeyce dolaştım, yürüyerek otelime geri gelirken yol kenarında dondurma satanları gördüm.

Dondurmacılar, satış tezgahlarının önüne birkaç masa ve sandalye dizip üstüne çardak çekip bir televizyon ve video koymuşlar. Filmi izlemek isteyenler mecburen oturup dondurma da yiyordu. Otele geçerek lobide oturdum. Otele çok sayıda PakistanlIlar ve Özbekler girip çıkıyorlardı. Genç bir Özbek yanıma gelip oturdu. Tanıştıktan sonra bu otelde olan Özbeklerin ve Pakistanlıların bavul ticareti için Kaşgar'a geldiklerini anlattı. Kendisi Andican pazarında kuş yemleri satıyormuş. Çin malı yemleri buradan alıp Özbekistan'a götürüyor. Aklı fikri çok paradaydı. Sohbetinden epey sıkıldım. Yanımıza elli yaşlarında uzun boylu şişman bir adam yaklaşı. Bana, "Döviz lazım mı?"

"Şimdi lazım değil." Nereli olduğumu sordu. Türk olduğumu öğrendikten sonra yüksek ve heyecanlı bir sesle "Sen Türk müsün?" diye tekrar sordu. Tanıştıktan sonra elini uzatarak, "Hoş geldin, Türkiye bizim paytahtımız (başşehrimiz)" dedi.

Ona, bavul ticareti yapmadığımı ve yalnız Uygurları görmek, tanımak için geldiğimi anlattım. Buraya gezmeye gelen insanlara çok az rastlandığı için inanamadı, "Siz bek Kızıksınız" (Siz pek ilginçsiniz), demekle yetindi. Gözleri bendeydi. Beklediği biri gelmiş gibi bana bakıyordu. Tanıştığına mutlu olmuştu, birazdan gitti.

21

Akşam karanlığı basardı. Gündüz gördüğüm halk arasındaki çekingenliği anlamak ve bana yeni olan izlenimleri içime sindirmek için odama çıktım. Uzandığım yatağımdan televizyonu açam. Kanalları karışurırken baktım, televizyonda Uygurca yayın yapıyorlar.

Kanalların birinde Doğu Türklerinin-Çinlilerle 1950'li yıllardaki mücadelesini anlatan film vardı. Gülnar ismindeki kadın, Komünist Çin Azatlık Armiyasının (Özgürlük Ordusu) konakladığı kalelerin resimlerini çekiyor ve bir Çinli komutana Çinlilerin, Uygurlarla kardeş olduğunu anlatıyordu. Çinli komutan Gülnar'ın elinden kamerayı bakmak amacıyla alıp, içindeki filmi çıkardı ve yaktı. Filmin diğer sahnesinde Uygurlar bir Çinli askeri öldürdüler. Çinliler yüzlerce askerle ellerini havaya kaldırarak, "Kısas, Kısas" (Öç, öç) diye intikam alacaklarına dair yemin ettiler. Bu filmi tüm seyahatim boyunca fırsat buldukça izledim. Film tamamen yalan ve propaganda amaçlıydı, çünkü Çin Komünistleri Doğu Türkistan'ı 1949 yılında işgal ettikleri zaman halka fakirlik, zulüm, baskı ve adaletsizlik getiren orduya "Azatlık Armiyası" ismini vermişler, bu film Uygurların Çin'den ayrılma düşüncelerini ortadan kaldırmak için yapılmıştı.

Ertesi gün şehri dolaşmaya çıkmadan önce yine döviz bozan adama rastladım. Tarihi yerleri sordum, tarif etti. Bana hayretler içinde bakıyordu. Neden tarihi yerlerin beni ilgilendirdiğine anlam veremiyordu. Çünkü onun tanıdığı diğer otel müşterileri para peşindeydi, ben ise değildim.

Şehrin tam meydanında Kaşgar'ın ve Doğu Türkistan'ın en eski ve büyük camisi İkdah Camisidir. Bu cami 1422 yılında kurulmuş ve Yakup Bey zamanında Osmanlı

22

Sultam 2. Abdül Aziz Han'ın yardımı ile tamir edilmiştir. Bazılar bu camide aynı anda on bin kişinin, bazılar ise dört bin kişinin namaz kılabildiğini söylüyor. Caminin avlusundan içeri girdim. Girişe Çinliler bir gişe koymuşlar, gelen yabancılardan giriş ücreti alıyorlar. Biletleri satan kişi bir Uygur'du. Ben bilet almadan yürüdüm. Arkamdan bilet alacaksınız diye beni uyardı, arkamı döndüm. "Ben Türküm ve Müslüman'ım, bizde camiye giriş parası verilmez" dedim.

Donmuş bir vaziyette yüzüme baktı, bir şey demedi. Yürüyüp gittim. Kabak ağaçlarının gölgesinde çok sayıda yaşlı ve genç insanlar oturup dinleniyor, namaz vaktini bekliyorlardı. Caminin içine giremedim. Namaz vakti olmadığından kapıları kapalıydı. Giriş kapısının önünde durup eski tarihi düşündüm.

Doğu Türkistan'da 1864-1877 yılları arasında "Kaşgari" isimli bir devlet kurulmuştur. Bu bölgede yedi şehir idare edildiği için "Yedi Şehriler" devleti de denilmiştir. Bu devleti işgalci güçlere karşı yalnız savunamayacağını anlayan büyük komutan Yakup Bey, Osmanlı padişahı Abdul Aziz Han adına hutbe okutarak, onu buranın Padişahı ilan etmiştir. 1864-1877 yılları arasında "Yedi Şehriler" Osmanlı İmparatorluğu'na bağlı kalmıştır. O dönmeden Osmanlı'yı hatırlatan hiçbir iz yok. Fakat Sultan Abdul Aziz Han adına bastırılmış çok az sayıda bakır, gümüş ve altın sikkeler günümüze kadar ulaşmıştır. 1877'de Yakup Bey'in vefatı üzerine, Kaşgar Mançurların eline geçince Hanlık yıkılmıştır.

İşin ilginç tarafı, Çinliler "Yedi Şehriler" devletinin kurucusu Yakup Bey'in intihar ettiğini, bundan dolayı da devletin yıkıldığını yazıyorlar. Tarihi değiştirmek için denemedikleri yol yok. O dönem İşgalçi Çinlilerin sayısı 300 milyon doğu Türklerin toplam 2 milyondur. Onların asker sayısı

45 bin Çinlilerin gönderdiği asker 90 bindir. Buna rağmen Yakup bey savaşark onları yenip bır yeni devlet kuruyor. Yakup beyin vefatından sonra tekrar Doğu Türkistan`ı işgal eden Mancurlar ilk iş olarak Yakup beyin mezarını bulup, onun cesedini ateşe vermek olur. Bu olgu, Çinlilerin Yakup beye olan aşırı düşmanlığını belirtmekten çok, zulüm ve haksızlıklara karşı mücadelenin sembolü olan büyük şahsiyetlerden ve onların adından ne derecede korktuklarını belirtmektedir. Bu "cesedi ateşe verme" olgusunun ikinci bir anlamı şu ki: "Çinlilerin yapmak istediği kötülükten ölüp bile kurtulmak yoktur." Yakup bey devletini kurduktan sona Çinilerle barış antlaşması yapıyor burada büyük bir hata yaptığını sonraki tarihciler iyi biliyor. O antlaşma yapamak yerine Doğu Türksitan`da ne kadar Çinli varsa hepsini öldürmüş olsaydı o korku ile bir daha gelemezlerdi. İşini yarım bırakıyor onlar bunu fırsat biliyor onun ölümü üzerine Doğu Türksitan`i tekrar gelip işgal ediyorlar.

Camiyi incelerken yanıma ak sakallı yaşlı, tatlı bir adam yaklaşıp, "Size camiyi gezdireyim mi?" "Evet" gezdirin. Bana caminin avlusunu dolaştırırken hayatını anlattı. Hanımı yıllar önce ölmüş, iki kızı varmış, onlar da evlenip baba evini terk etmişler, şimdi yalnız yaşıyor. Kızları haftada bir iki kez gelip elbiselerini yıkıyorlarmış. Yemek yapan olmadığı için yemeğini dışarıda yiyor. Benden bir çorba parası istedi, çıkartıp verdim. Yaşlı Uygurlar arasında fakirlik oldukça yaygındır bunu yol boyu her yerde görmek mümkündür.

Tarih kokan sokakları dolaşırken, cami minaresini andıran yüksek bir minarenin önünde durdum. Dışarıda kapının önünde ikisi Çinli, biri Uygur kadın olmak üzere üç kişi vardı. Çinli erkek masanın önünde oturuyor, kadınlar ayakta duruyorlardı. Adam radyo dinliyordu. Çince radyo kanalını o kadar sesli açmıştı ki, bu adam sanki radyo dinlemiyor, bu kadar yüksek sesle "Kaşgarlılara buranın beyinin' kim olduğunu vurgulamaya çalışıyordu". Uygur kadına buranın ne olduğunu sordum, "Müze" dedi.

Önce minarenin en üstüne çıktım. Yukarıdan Kaşgar'ı güzel bir şekilde görmek mümkün. İnşaatına yeni başlanan beton binaların arasında eski tarihi mahalleler kırmızı toprak renginden belli oluyor. Kaşgar inişli çıkışlı teperler üzerine kurulmuş bir şehirdir. Müzenin karşı tarafında yeni bir alışveriş merkezi kurulmuştu. Kadına bu çarşıda Uygurların dükkanları var mı, diye sordum. Başını olumsuzca sallayarak, Uygurlara kiraya vermediklerini söyledi. "Verseler de çok kira parası istiyorlar, sonuç itibariyle girenler de para kazanamıyor." Kaşgar'dan 10 yıl sonra hiçbir eser kalmayacağını bu yükseklikten görmek mümkün. Çin devleti, Türk kimliğini silmek için bütün tarihi mahalleleri yıkıp, Çin tarzında yeniden kuruyor. Müze aslında yerin altında bir bodruma kuruluydu. Aşağıya doğru, bodrum kata indiğimde birkaç tarihi araba gördüm. Bu arabalara sözde Çinlilerin büyük lideri Mao binmiş. Mao bu kadar arabaya nerde bindi, anlayamadım. Çünkü Çin'in Şanghay şehrinde de Mao'nun bindiği arabaları bir müzede görmüştüm. Öyle tahmin ediyorum ki, bütün Çin şehirlerindeki müzelerde Mao'nun bindiği arabaların olduğunu anlatıyorlar. Birçok tarihi eşyalardan sonra, tahtadan yapılmış bir bisiklet ilgimi çekti. Uygur kadın bisikletin olayını anlattı. Geçen asrın altmışlı yıllarında bisiklet hayali olan bir Uygur, parasızlıktan bisiklet alamamış ve zinciri hariç, tamamı tahtadan olan bir bisiklet yapıp, onunla dolaşmış. Müzenin içerisi oldukça kötü aydınlatılmıştı, bir şey gözükmüyordu. Aniden üstü açık bir kuyunun üstünden adadım. Az kalsın bu kuyuya düşecektim. Kapağını açıp, sonra kapatmamışlar.

25

Kaşgar 'ın merkezinde bir de güzel alışveriş pasajı kurulmuş, üstünde büyük yazıyla "Ihlas" yazıyordu. Bu pasajı Şanghay'daki Uygurlar Türkiye'deki Ülker şirketinin kurduğunu anlatmışlardı. Burada zaten bilgi almak imkânsızdı.

Ihlâs pasajının önünde çok sayıda yaşlı ve genç insan dileniyor, yerlerde yatıyor, sayısız çocuklar ayakkabı boyacılığı yapıyordu. Kaşgar'deki Uygurların fakirliği gözle görülüyor, gizlenemiyor. Ihlâs alışveriş merkezinin içindeki dükkânların hemen hepsini Uygurlar işletiyor, dükkânların hepsinde kumaş ve tekstil ürünleri satılıyor. Rengârenk pırıl pırıl kumaşlar insanın gözlerini kamaştırıyor.

Dolaşarak yoluma devam ettim. Nerelere geldiğimi bilemiyorum, kendimi yeniden büyük bir çarşının içerisinde buldum. Bu çarşıda iki taraflı çok büyük dükkânlarda inşaat malzemeleri satılıyordu. Dükkânların hepsi Çinlilerindi ve aralarında bir Uygur bile yoktu. Para getiren önemli bütün işleri Çinliler aralarında paylaştırmışlar. Yürüyerek başka bir pasaj daha buldum. Görkemli ve çok büyük bu alışveriş merkezinde ev mobilyaları satılıyordu. İki katlı pasajı dolaştım, buradaki bütün dükkânlar da Çinlilerindi, yalnız bir dükkânın içinde iki Uygur kadın vardı. Bunlar buranın sahibi mi yoksa Uygurlara ve Orta Asya ülkelerinden gelen müşterilere mal satabilmeleri için Çinli sahibi bu iki kadını mı çalıştırıyordu, öğrenemedim.

Akşama doğru otelime yorgun, argın döndüm. Döviz bozan adam elimde alış veriş çantaları olmadan döndüğümü görünce iyice bana hayranlık duymaya başladı. Biraz dinlenmek için resepsiyona oturdum, hemen yanıma geldi. Bütün gün ne yaptığımı sordu, anlattım. Bir genç delikanlıya iki büyük bardak "Kavaz" getirtti, içtik. Kavaz Kırgız ve Uygurlarda olan bir limonata çeşidi ve oldukça lezzetlidir.

Odama çıkıp dinlenirken, yine televizyon kanallarını karıştırdım. Uygur kanallarının birinde reklamlar vardı. Peş peşe özel hastane reklamları çıkıyor. Hastaneye Uygurlar "Doktor hane", reklama "ilan" diyorlar. Reklamların birinde şu sözler geçiyor: "Acı yiyemiyorum, içki içemiyorum, midem ağrıyor, diyorsanız bizim hastaneye gelin." Bu sözleri herhalde bir Çinli yazmış ve Uygurcaya tercüme ettirmişler. Çünkü içki içebilmek için hiçbir Müslüman hastaneye gitmez.

Türk firmaların reklamları da vardı. Duru sabunları ve Ülker bisküvilerin reklamları televizyonda bütün gün çıkıyor. Türkiye'deki Ülker'in reklamındaki "Bahanesi çoook" sloganı Uygurca, "Bahanesi çıııık" olarak tercüme ediliyor. Uygurcada "çok" kelimesi "çık" olarak söyleniyor. Televizyon kanalının birinde yirmi dört saat Uygur müziği eşliğinde içki reklamı yapılıyor. Bütün dünya içkiye karşı mücadele ederken, Çinliler onları içki içmeye alıştırmaya çalışıyor.

Ertesi gün Kaşgar'a 45 km uzaklıkta olan Opal köyüne gidip, Mahmut Kaşgari'nin türbesini ziyaret etmeye karar verdim. Saat sabahın on sıralarıydı. Döviz bozan adamdan para bozdurdum. Doğu Türkleri Uygurlar Çin hakimiyetinde yaşadıkları için Çin parasını kullanıyorlar. Para birimlerine Yüen denildiği halde Uygurlar Yüen'e "köy" diyorlar. Bizim "lira" dediğimiz para birimi Uygurlarda "köy"dür. Çin'in iç şehirlerinde demir para da kullanılırken, Uygurların yaşadığı Sincan'da (Çince işgal edilmiş topraklar demektir) demir para kullanılmıyor. Bir devletin içinde iki ayrı uygulama var.

Dövizci adam beni bir taksicinin yanına götürüp kutsal bir emanet gibi şoföre teslim etti. Şoför ismimi ve nereden geldiğimi sordu. "Türküm" deyince sanki bir sevinç çığlığı attı.

27

"45 yılda ilk defa bir Türk görüyorum. Türkiye bizim payitahtımız" dedi. "Siz 45 yaşında mısınız?" "Evet, nereden bildiniz?" "Kendiniz söylediniz." Gülümsedi, sanki kırk yıldır aradığı dostunu bulmuştu. Ağzına bir tat gelmiş, çok mutlu olmuştu. Para, pul sormadan arabasına binip yola çıktık, yolda çok fazla konuşmadık çünkü görecek o kadar değişik güzellikler vardı ki, sohbete fırsat olmadı.

Yol boyu eşek ve at arabalarıyla tarlalara giden Uygur köylüleri, yol kenarında neredeyse hiç bir iş makinesi olmadan çalışan insanları izleyerek yolumuza devam ettik. Doğu Türkistan'ı birkaç defa ziyaret edip geniş bir araştırma yapan Alman A. Von Le Coq'- un 1928 yılından kalma kitabında, o dönem bu bölgede çok sayıda Kaplan, Yaban domuzu, Geyik, Kartal ve Şahinlerin yaşadığını yazıyor. Çinliler bu bölgede hiç bir vahşi hayvan bırakmamışlar. Fakat o bölgede avlanan kaplanlardan birisinin postu bugün Almanya' da "Berline Volksmuseum" isimli müzededir. Opal köyüne geldiğimizde öğlen olmuştu. Bir aşhanenin önünde durduk. İki "lağman" sipariş verdik. "Lağman" taze hazırlanan kalın ve uzun makarnanın üstüne kavrulmuş sebzeli et dökülen bir yemektir. Ünlü İtalyan gezgin Marco Polo 13. yüzyılda Çin seyahatinden dönerken, İpek Yolu üzerindeki Doğu Türkistan'dan lağmanı görüp, tarifini İtalya'ya getirmiş ve makarna olarak bütün dünyada tanınmasına vesile olmuştur.

Çevremizde merakla bize bakan, kadınlı erkekli Uygurlara kendimi tanıttım. "Ben Türküm, Türkiye'den geldim." Hepsi, çok mutlu gülümseyerek beni izliyorlardı. Fakat hiçbiri bir şey sormadı. Kaşgar'da olan aynı çekingenlik ve korku burada da vardı.

Şöföre, ben artık dayanamadım sordum. „Bu insanlar

28

neden benden korkuyor, neden sessiz sessiz beni izliyorlar ve sorduğum sorulara hiç cevap vermiyorlar?" Şöför benden ona zarar gelmiyeceğine emindi. Bir Çin ajanı olma ihtimalim ona göre neredeyse yoktu. „Biliyorsunuz bizde iki çocuk siyaseti var. Bir kadın iki çocuk doğurabilir ondan fazla olursa hükümet onlara kimlik vermiyor okula gidemiyorlar. Bu Pazar yerlerinde, sokaklarda gördüğün insanların hiç birisi okul yüzü görmemiş, hiç birisi okuma yazma bilmiyor, senin sorduğun sorulara onlar cevap veremezler, senin geldiğin Türkiye'yi bile tanımıyorlar. Yol boyu bunlardan milyonlarca görebilirsin okuma yazma bilmeyen çok insanla daha karşılaşacakısın. Ayrıca devlet her yere casuslar yaymış. Her ufak haraketi polislere bildiriyorlar bundan dolayı herkes korku ve tedirginlik içinde yaşıyor, seninlc bu yüzden konuşmuyorlar." Bu üzücü bilgilerden sonra insanların tutumunu tam anlamıştım ve kalkıp türbeye gittik. Önce geniş türbe bahçesinde olan mezarlığa gidip, merhum olanların ruhuna Fatiha duasını okudum. Uygurlar mezarları muhtamelen mermer olmadığı için taşla yapılıyor.

Mahmut Kaşgari'nin türbesinin kapısında beni dindar bir rehber karşıladı. Tanıştıktan sonra, Türkiye'den geldiğimi öğrenince bana nasıl iyi davranacağına karar veremedi. Kaşgarlı Mahmut 1005 yılında dünyaya gelmiştir. Saciye ve Hamidiye Medreseleri'nde tahsil gördükten sonra kendisini Türk dili tatkikatına vakfetmiştir. Bu amaçla Orta Asya'yı boydan boya katlederek Anadolu'ya, oradan da Bağdat'a gitmiş. 1072-1073 yılları arasında hazırladığı meşhur kitabını Abbasi halifesine armağan etmiştir. Mahmut daha sonra Kaşgar'a dönmüş ve 1112'de vefat etmiştir.

Türklerin yaşadığı şehirleri, köyleri, obaları bir bir dolaşarak hazırladığı sözlük, sözlü edebiyatımızı aydınlatan dev eserdir. Yazılış gayesi Araplara Türkçe'yi öğretmekten çok, Türkçe'nin Arapça ile koşu atı gibi yarış edeceğini, Türk dilinin zenginliğini, her duygu ve düşünceyi anlatmaya elverişli olduğunu ispat etmek içindir. Kaşgarlı Mahmut dilimizi, milli kültürümüzü, yurt sevgisini her şeyin üstünde gören, bilinen ilk büyük dil bilginidir.

"Türk Sözlüğünün Divanı" anlamına gelen Kitab-ü Divan-i lügat it- Türk (Divanü Lügati't-Türk) adlı Kaşgarlı Mahmut'un bu eseri, yalnız bir sözlük değil, Türk edebiyatını, tarihini, coğrafyasını, folklorunu, mitolojisini aydınlatan ansiklopedik niteliktedir. Kendisi hakkında zamamn ilk Türkolog'u deniyor. Rehber, bana türbenin üstünde asılı duran, bir beze altın renkle yazılmış Fatiha süresini göstererek, bunu yıllar önce Ankara'dan Halil isminde bir Türk'ün getirip astığını anlattı. Yan tarafta başka bir odayı gezdik. Burada türbeyi 1985 yılında genişlettikleri zaman çekilmiş fotoğraflar vardı. Bu fotoğraflar arasında Türkiye'den MHP başkam Devlet Bahçeli'nin resmi gözüme ilişti. O da türbeyi ziyaret etmiş. Rehber benimle özel ilgilenmek istiyordu. Kaşgari'nin yazdığı kitaptan bir şiir oku-du. Eski Uygurcayi pek anlayamadım. Aynı sözleri günümüz Uygurcasına çevirdi. Şimdi konuşulan Uygurca, günümüzde konuşulan Türkçeye çok daha yakın. Aradan geçen yüz yıllara rağmen dillerimiz birbirinden uzaklaşacağına daha da yakınlaşmış ve çok rahat anlaşılıyor.

Çıkacağım zaman bir levha dikkatimi çekti. Çinliler Kaşgari hakkında İngilizce bir tanıtım levhası asmışlar. Hayat hikayesinin en altına şunları yazmışlar: "Mahmut Kaşgari, o zamanın ilim yurdu olan Bağdat'a ilmini artırmak için gitti ve sonra Ata yurdu Çine geri döndü." Bu yazıyı rehbere tercüme ettim ve sordum. "Bin yıl önce burada Çinliler var mıydı?" "Hayır yoktu." "Niye böyle yazıyor o zaman?" "Biz bir şeye karışamıyoruz, elimizde hiç bir yetki yok." Çinlilerin yalnız marka değil, tarih sahtekârlığı da yapıp, halka yanlış bilgi verdiklerine yalnız burada değil, başka yerlerde de çok defa daha şahit olacaktım.

Bu kitap için öldürülen Türk aydınların sayısı korkunçtur. Önce kitabı İstanbul sahaflarda Ali Emiri Efendi bulur. „Bu kitabı aldım; eve geldim. Yemeği içmeği unuttum... Bu kitabı sahaf Burhan 33 liraya sattı. Fakat ben bunu birkaç misli ağırlığında elmaslara, zümrütlere değiştirmem." diye anlatmıştır.

Kitabı kendi lehçelerine tercüme etmek isteyen çok sayıda Türk bilim adamı Rus ve Çinliler tarafından şehit edilmiştir. İlk tercüme girişimi Azerbaycan da olmuştur. Sovyet Bilimler Akademisi'nin Azerbaycan Şubesi, bu iş için Halid Said Hocayav'i görevlendirir. Hocayav, 1935-1937 yıllarında bu görevi tamamlar. Fakat Hocayev ve yardımcılarının bu başarılarının mükafatı öldürülme olur.

1937 yılında bu kez meşhur Uygur şairi Kuduk Şevki ve eğitimci şair Muhammed Ali Divan ü Lügati't Türk'ü tercüme ettikleri için Çinliler tarafından kadedilirler ve bütün çalışmaları yakılır. Kutluk Şevki, hac yolculuğu sırasında uğradığı İstanbul'dan Türkiye baskısını alarak ülkesine götürmüştür. Bilim dünyasına hizmet için giriştikleri iş, kendi sonlarını hazırlamıştır.

Uygurlar 1944 yılında Şarki Türkistan Devletini kurduklarında ilk iş olarak Divan-ü Lügati't Türk'ün tercümesi işine girişirler. Bu iş için meşhur alim İsmail Damollam görevlendirilir. Birinci cildin tercümesi tamamlanmıştır ki, Rusya ile Çin anlaşarak Şarki Türkistan Devletini ortan kaldırır ve İsmail Damollam'i öldürürler.

31

Şarki Türkistan'ın Kızıl Çin tarafından işgal edilmesinden sonra Uygur bölgesinde Sincan (Ihlak edilmiş topraklar) Özerek Yönetimi kurulur. Kaşgar bölgesinin Valisi Seyfulla Suyfullin, maddi kayrak da ayırarak tanınmış şair ve tarihçi Ahmet Ziya'yi Divan ü Lüga- ti't Türk'ün tercümesi için resmen görevlendirir. 1952-1954 yılları arasında Divanin tercümesi tamamlanır ve Pekin'e basılması için gönderilir. Baskının giderleri de Kaşgar valiliği bütçesinden ayrılmıştır. Ancak Pekin „karşı devrimcilik ve milliyetçilik" suçlaması ile Ahmet Ziyai'yi 20 yıl ağır hapse mahkum eder ve Ziyai cezaevinde işkence altında can verir, divanin bütün tercümeleri de yakılır.

Yılmayan Uygurların bir başka girişimi 1960-63 yıllarında, Çin ilimler Akademisi Sinjang Bölümü Müdür Yardımcısı Uygur Sayrami tarafından hayata geçirilir. Fakat hem Sayrami yardımcıları ile birlikte öldürülür hem de tercümenin metinleri yakılır.

Uygurların Diva'a merakı bütün bu olanlara rağmen azalmamakta aksine artmıştır. Nihayet İbrahim Muti'nin yönetiminde 12 kişilik bir ekip tarafından tercüme edilir ve 1981-1984 yılları arasında Urimçi'de 3 cilt halinde ve 10 bin adet basılır. Bu kitap Sovyeder Birliğinin 1991 yılında yıkılmasından sonra ancak Azerbaycan ve Kazakistan'da basılabilmiştir.

Türbenin bahçesinde pek insan yoktu, güzel bir çeşmeden soğuk su akıyordu. Biraz dinlenip, taksicinin yanına geldim, Kaşgar'a doğru yola çıktık. Korkusu olsa da, adam yine konuşuyordu. Önce İslamiyet ve tarih de kalan Türk devletleri hakkında, sonra Türk milletleri, Anadolu Türkleri, Osmanlı ve Atatürk hakkında anlattı. Adamı sakın sakın dinledim. Bütün tarihleri ezbere biliyordu. Adamda olan bilgiye hayran kaldım. Sohbetmiz sırasında Uygurların asla Çinlilere güvenmediklerini, gönüllerinde onlara karşı dostluk ve muhabbet beslemediklerini söyledi ve ekledi bunlara karşı herkesin içinde aslında intikam hayali var. Çinlilere "Hanzu" veya "Kafir", Müslüman olan Çinlilere "Dungan" veya "Huyzu" dediklerini söyledi. Huyzulara da güvenip sevmiyorlar. Taksici, "Çünkü onlar Çinlilerin yanında, Çin yanlısı, Uygurların yanından din bağından dolayı Müslüman kesiliyorlar." "Huyzular biz Uygurlardan çok daha dindar. Hiç biri ne içki içiyor, ne de beş vakit namazlarım aksatıyor. Fakat onlar da iki sandalye arasında kalmışlar, hangisine oturacaklarını bilmiyorlar fakat hükümetin onlara bir sorun yok bütün sorun bizimle."

Taksici benden kendisine kötülük gelmeyeceğine kanaat getirdiği halde, yine de çok dikkatli konuşuyor, ağzından kendisini polislerin eline düşürmeyecek sözler çıkmasına özen gösteriyordu. Geldiğimiz yolları su içer gibi rahat geri döndük. Beni otelime bırakınca yalnız benzin parası aldı. Ayrılınca kendisine sarıldım. Tatlı sohbetimizin yarım kaldığına biraz üzüldü.

Otelin lobisine gelip oturdum. Kuş yemi satan Andicanlı Özbek kişi de oradaydı, yanıma geldi. Yine çok paradan bahsetmeye başladı. Artık dayanamadım, kendisine paranın nasıl kazanılacağını anlattım. "Çok para kazanmamn üç yolu var." dedim. "Birincisi: Büyük bir mirasa konmaktır. İkincisi: Herkes sekiz saat çalışıyorsa on altı saat çalışmaktır. Üçüncüsü: Sahtekârlık yapmaktır." Adama, "Ben başka yol bilmiyorum" dedim. Yanımızda başka birisi oturuyordu. Bana, "Siz hükümet işinde mi çalışıyorsunuz?" diye sordu. "Hayır, sizde mi Özbeksiniz?" "Ben Uygurum."dedi.

Uygurlarla, Özbeklerin lehçesi aynı. Çok az lehçe farkı

ile konuşuyorlar. Ben aralarındaki farkı çözemiyordum. Özbek genci bu sözlerimi de anlamadı, "Bana miras kalmaz" demekle yetindi. "O zaman yapacağın tek şey Allaha dua etmektir."

Dinlenmek için odama çıktım, akşam saatleri olmuştu. Yatağıma uzandım, televizyon izlerken kapım çalındı. Açınca karşımda minibüs de beraber geldiğimiz Türkçe bilen Kırgız genci Muhammet'i gördüm. Benim yemek yiyip yemediğimi sordu. "Hayır, yemedim." "Beni bekleyin, beraber çıkarız" diyerek gitti. Az sonra Kırgızistanlı iki gençle geri döndü. Hepsi buraya Kırgızistan'dan iş için gelmişler. Kırgızistan'da çimento fabrikası yok, bina kurmak için çimentoyu Kaşgar'dan götürüyorlar. Kendisi ilk defa gelmişti, fakat diğer ikisi Kaşgar'da altı aydır Kırgızistan'da kurulan "Serbest Ekonomi Bölgesi" için çalışıyorlarmış. Bir Uygur restoranına gittik, garsona, "Bira var mı?" diye sordular. Orta yaşlı garson sağ elini kalbinin üstüne koyarak, "Biz Müslümansız, içki satmayız." dedi.

Kaşgar'da gittiğim tek-tük restoranda içki satanları gördüm, çoğunluğu satmıyor. Hatta içki ve sigara satan bakkalları da Çinliler işletiyorlardı. Bu iş için belediyeden ruhsat mı alamıyorlar, yoksa haram olduğu için mi satmıyorlar, öğrenemedim. Yemekten sonra beraber bir hamama gittik. Çinlilerin Kaşgar'da kurdukları hamamlar Türk hamamı ve Fin saunalarının bir karışımı. Önce saunada terlendikten sonra, bir göbek taşında bol sabun ile keseleme yapılıyor. Yıkanıp çıktıktan sonra birer nar suyu alıp içerken, bana soru sordular. "içimizde en uzak ülkelere siz gitmişsiniz. Çinlilerde medeniyet var mı yok mu?" Anlaşılan, kendileri Çinliler hakkında sağlam bir fikre sahip olamamışlardı. Bize hizmet eden bir Çinlinin Kırgızistan'ın nerede olduğunu bilmemesi bu tartışmayı açmıştı. Bunlar için Çin'de sanayi ürünlerinin olması, onların yüksek medeniyete sahip olması anlamına gelmiyordu. Kırgızistan Orta Asya'nın en fakir ülkesi olduğu halde yaşam kalitesi daha üstündür, insanlar her konuda Çin'den daha hür ve özgürler. Medeniyetle ilgili soruları buradan kaynaklanıyordu.

Gece sokağa yürüyüşe çıktık. Gecenin yarısında bir seyyar fotoğrafçı aramaya başladılar, sonunda birisini buldular, beraber resmimizi çektirdik. Kırgızlarda olan dostluk ve arkadaşlığa hayran kaldım. Ertesi gün Büyük Halk Meydanı'na gittim. Meydana iki büyük saat koymuşlar. Biri Pekin, biri Kaşgar vaktini gösteriyor. İki şehir arasında, iki saat fark var. Kaşar'da yaşayan birine saat vakti sorulduğu zaman, "Pekin vakti mi, yoksa Kaşgar vakti mi?" diye yeni bir soru yöneltiyorlar.

Kaşgar'da yaşayan bir kişi neden Pekin vaktini bilmek zorunda? Uygurlar kendilerini Pekin'e doğru yönlendirecekler, oranın vakti ile yaşayıp, başkent olarak gözlerinde tutacaklar. Meydana Mao Zedong'un dev bir heykelini dikip altına bir büyük beze Uygur ve Çince yazı asmışlar. 1960 yılında kurulan dev heykelin önünde belki on dakika durup, gelip geçen Uygurlardan bu yazıyı bana okumalarını istedim, bir tanesi bile okumadı ve ne yazdığını öğrenemedim. Uygurlar 14. yüzyıldan beri modern Arap Alfabesi ile okuyup yazıyorlar. Dev heykeli sanki Uygurları uyarmak için kaldırmamışlar. Olağanüstü büyük, yanılmaz bir tanrı gibi Mao'nun gözleri yüksekten Uygurların üstünde duruyor. Eğer Mao olmasaydı belki Doğu Türkleri, Doğu Türkistan devletinde bağımsız yaşayacaklardı. Dikkat edilmesi gereken bir şey daha var. 1980'li yıllarda Çin'in iç bölgelerinde bütün Mao heykelleri kaldırılmışken, Kaşgar'da kurulan dev heykel inadına dimdik duruyor. Mao hayranları onun hakkında eminin çok az bilgi sahibidir. "kişi okudukça

35

aptallaşır" bunu söyleyen Mao Zedong'dur. Onun döneminde 1966 - 1976 yılları arasında üniversiteler kapatılıyor bilginler sokak ortasında dövülerek öldürülüyor ve onun başlattığı sözde kültür devrimine Uygur şivesinde "medeniyet küreşi" deniyor. Bütün uygurca kitaplar yakılyor, eski tarihleri yok ediliyor. Kızıl Kominsitlerin içinde en önde yürüyen yine Uygur Koministeri olmuştur.

Kaşgar'da kaldığım süre içinde hiç bir Uygur'un ağzından bu şehrin ne kadar nüfusa sahip olduğu hakkındaki soruma cevap duyamadım. Aldığım tek cevap "bilmiyoruz" oldu. Mao' un sayesinde halk korkudan en basit şeyleri bile konuşmaktan kaçıyor. Dört milyon Uygur'un yaşadığı Kaşgar'da yalnız beş yüz bin Çinli var. Çinliler şehrin bütün ekonomisini ellerinde tuttuğu gibi, halk üzerinde bütün güce de hakimler. Ekonomik olarak yalnız ufak ayak altı işleri Uygurlara bırakmışlar.

Kaşgar'dan gitmeye karar verdim. Erken kalkmıştım, aşağıya indim, dövizci arkadaşım yine oradaydı. Bir boş masaya oturduk. Elimdeki kâğıt ve kalemle Doğu Türkistan haritasını ve şehirlerin yerlerini çizip, isimlerini tek tek yazdım. Diğer şehirlerin Kaşgar'a mesafesini sordum. Adam yüzüme hayretle bakıp bir şey diyemiyordu. Ben nasıl onların şehir ve kasabalarının yerlerini ezbere biliyordum? Şaşkınlık içindeydi. Şimdi benim Türkiye'den kendilerini Çinlilerden kurtarmak için geldiğime tam inanmaya başlamıştı. O, haritada Yarkent'in yerinin ters istikamet de olduğunu anlatmaya çalıştı, fakat yanılıyordu. Biraz daha düşündükten sonra , "Sizin çizdiğiniz harita doğru, ben yanıldım." Sonra sordu: "Bu haritayı nasıl ezbere çizdiniz? Sizi Türk hükümeti gönderdi, değil mi?" "Ben kendi başıma geldim. İnanın bana." Hotan'a gitmemi önermedi: "Kumların ve çölün ortasında küçük bir şehir. Yol çok uzak, değmez." diyerek beni Hotan'a gitmekten vazgeçirdi. "Yarkent de küçük bir yer, Kaşgar'da gördüğünüz manzaralar orada da aynı, Aksu'da Uygurlar azınlıkta kalmış orada yalnızlık çekersiniz. En iyisi siz Urumci'ye gidin, oradan Turfan'a geçersiniz." Fotoğraf makinelerime bakarak, "Bu makine ile ben Yarkent'te de dolaşsam bir dakikada beni hapse atarlar. "Neyi çekiyorsun? Bizde resim çekecek ne var?" diye beni sorguya çekerler." Benim şaşkınlıkla ona baktığımı hissedince, "Siz yabancısınız, bir şey olmaz." diyerek şüphelerini dağıtmaya çalıştı.

Adamın sözlerine hem üzüldüm hem de düştükleri duruma içimden kızıp nefret ettim. Kendi yurdunda ne konuşma, ne düşünme, ne de büyük bir fotoğraf makinesi ile serbest dolaşma özgürlüğü vardı. Kendisine bana yarın için Urumci'ye bir bilet almasını rica ettim.

Artık görecek fazla bir şey kalmamıştı. Son defa tarihi sokakları dolaşmaya çıktım. Bir ev fırınının önünden geçerken, evinin önündeki tandırda ekmek pişiren fırıncı ile göz göze geldik. Başımla selam verdim, selamımı aldı. Yanına gittim, biraz sohbet ettik. Bana oturmam için yer gösterdi. Kendisiyle biraz konuşmak istiyordum. Yanımızda bir bakkal dükkanı vardı, iki portakal suyu alıp geldim, birini ona verdim. Üzüldü.

"Siz misafirsiniz, bizim size ikramda bulunmamız gerekiyor." dedi. Havadan, sudan konuşurken hanımı ve iki komşu kadın daha yanımızda geldiler. Benim kendi dillerinde konuşmam çok hoşlarına gitmişti. Üç kadın arada bir gülüşüyordu. Adama kaç çocuğu olduğunu sordum. "Üç oğlum var." "Uygur şehirlerinde kadınların iki çocuktan fazla doğurması yasak, sizin nasıl üç çocuğunuz var?" "Birisini kayıt yaptırmadık, evde dünyaya geldi." "Peki, askere nasıl gidecek?" "Biz Uygurları zaten askere almıyorlar."

Bunu duyunca ne söyleyeceğimi bilemeden donup kaldım. Bir taraftan Çin hükümeti Uygurlara onların, Çinin birinci sınıf vatandaşı olduğunu anlatıyor, eşitlikten bahsediyor, diğer taraftan halka ikinci sınıf insan muamelesi yapıp, askere almıyor, söz hakkı vermiyor, korku ve dehşet dolu bir hayatın yanı sıra kendilerine ekonomik eşitlik hakkı da tanınmıyor. Uygurların askere alınmadıklarını sonraları üç defa daha ayrı, ayrı Uygurlardan duydum. Böylece Uygurların neden 20 milyon olduklarını iddia etmelerini de öğrenmiş oldum. Çünkü nüfusun bir kısmı hiçbir yerde kayıtlı değil ve nüfus kayıtlarına geçmemişler.

Ben kalkıp giderken, misafirperverlik gösterememenin üzüntüsü içinde adamın yüzlerinde bir mahcubiyet vardı. Bana acele büyük taze bir pideyi torbaya koyup elime tutuşturdu. Çok rica etti alamadım. Yanımda bütün gün taşıyamazdım. Kendisine çok teşekkür ettim.

Çin'in çocuk doğum kontrolü çok acı ve inanılmazdır. Resmi olarak devlet, Uygur kadınlara iki çocuk doğurma izni veriyor. Kadınların hamileliğini kontrol etmek için her mahalleye doğum kontrol büroları açılmış. Buralarda görev yapan ebeler genellikle komünist partiye bağlı kişilerdir. Çoğunluğunu Çinliler oluşturduğu halde, içlerinde çalışan Uygurlar da var. Bu kadınların görevi iki çocuktan sonra yine hamile kalan kadınları gözetlemektir. Buna rağmen özellikle köylerde çok doğuran kadınlar var. işte bu çocukların sonra ne kimliği var ne de vatandaşlığı belli olan bir ülkenin belgesi.

Eğer bir kadın hakkından fazla yine hamile kalırsa, zorla hastaneye götürülerek kürtaj yapılıp bebeği alınıyor.

38

Şanslı olup, üçüncü bebeğini hastanede doğuranlar olursa, bu bebek zehirli şırınga vurularak öldürülüyor. Tüm bunlara rağmen erişkin yaşa gelenlerin geleceği de karanlıktır. Hiç bir yerde kaydı olmayan kişiler ne okula gidebiliyor, ne de bir yerde iş bulabiliyor. Bu insanların kaydı olmadığı için kanun karşısında teröristirler ve hiç bir hakları yoktur.

İkindi vakitleriydi, otelime geldim. Benim çizdiğim haritayı döviz bozan dostum orada çalışan otuz yaşlarında birine anlatmış. O da benim Türk devleti tarafından gönderildiğime inanıyordu. Kendisini birkaç defa görmüştüm fakat hiç konuşmamıştık. Beni dışarıda kapının önündeki bir banka oturtturdu. İçini dökmek istiyordu. Önce söze, Uygurların arasında olan fakirliği, Çinlilerin kendilerini yaptığı zulmü anlatmakla başladı. Sonra bana sordu: "Bu zulüm ne zaman bitecek?" "Zulüm hiçbir zaman yetmiş yıldan fazla sürmez. Rusların, batı Türkistan Türkleri üzerindeki zulüm de yetmiş yıl sürdü." Üzgün, ağlayacakmış gibi bir halde: "Bizde olan zulüm yetmiş yılı çoktan geçti." Anlatmaya devam etti. "Bizim Kaşgar'da, Nurmuhammed Yasin isminde genç bir şairi, yazdığı kısa bir hikaye yüzünden on yıllığına hapse attılar. Hikayesinde kafesinden uçup gitmek isteyen bir yabani güvercini anlatıyordu."

Sonra sıra otelde kalan Pakistanlıları anlatmaya geldi: "Bu gördüğün Pakistanlılar bize ticaret için geliyorlar bizim fakir Uygur kızlarını kandırıp evliyor bazıları çocuk yapıp sonra onları bırakıp kaçıp gidiyorlar. Bu kadınları yaptıkları ticaret için kullanıyorlar. Biz bunları görünce kahır oluyoruz. Uygurlar namus için ölür, öldürür, savaş açarlar. Biz namusumuzu koruyamıyoruz."

39

O sırada bir Pakistanlı yanına geldi. Pakistanlılar birkaç kelime Uygurca öğrenmişler. Uygur adamın gözünde her Pakistanlı sanki yeni bir işgalciydi. Ona sohbetimizi bozduğu için kızarak baktı. Benimle böyle açık konuştuğuna da sanki pişman olmuştu beraber gittiler.

Pakistanılar hakkında sonra diğer adamdan bilgiler aldım. Bunlar ticaret için Doğu Türkistan`a gelip yoksul Uygur kızları ile evlenip iyi bir gelecek vaad ediyorlar. Aslında onların amaçları kendilerine yaptıkları ticarette yardım eden birilerinin olmasıdır. Çoğu çocuk yapmış, kadını bir müddet sonra bırakıp kaçıp gitmiş, bazıları kadını alıp Pakistan`a gitmiş. Yollarda daha sonra çok Pakistanlı gördüm yanında Uygur hanım olanlar.

Kaşgarlı Türklerin korku içinde konuştuklarının bir başka sebebi şudur. Çin Komünist Partisi, Avrupa kaynaklarına göre; ülke içinde beş kat, on kat ve belki yirmi kat üst üste casusluk örgütleri kurmuş ve bunları da tekrar birbirine bağlamıştır. Çin ordusuna dahil en az beş ayrı casus örgütü ve sivil casuslar halk arasında her bilgiyi hemen karakollara ulaştırıyorlar. Bundan sonra tutuklamalar ve hapishane hayatı başlıyor. Elektronik casus örgütleri kablolardan Çin'e akan ve Çin'den çıkan bütün telefon görüşmelerini dinliyor, faksları ve Emaileri açıp okuyorlar. Öyle ki Çin'in Şanghay şehrine Almanya'dan SMS gönderiliyor, fakat Çin'in Sincan Otonom bölgesi Doğu Türkistan'a SMS gitmiyor. Casusların gece gündüz durmadan çalıştığını bilen Uygurlar, bundan dolayı yabancılara hiçbir konuda konuşmuyor ve fazla yakınlık gösterip göze batmıyorlar. Bunların yanı sıra her tarafta gözetleme kameraları kurulmuş halkın her adımını takip ediyorlar.

Ayrıca, Avrupalı insan haklarını koruma derneklerinin verdiği bilgilere göre, 2008 yılında en az 16.000 Uygur, politik suçlardan dolayı hapishanelerde çürüyor. 2007 yılında bütün Çin'de en az 7.000 kişi idam edilmiştir. Bunlardan en az 5 tanınmış Uygur siyasi suçlardan dolayı idam edilirken, idam edilen Çinliler arasında bir tane bile siyasi suçlu yoktur. İdam edilen kişilerin organları zengin yabancı iş adamlarına satılıyor. Doğu Türkistan halkının yüzde 60'ı Çinli olduğu halde, hapishanede olanların yüzde seksenini Uygurlar oluşturuyor.

Gece televizyonda Komünist Parti'nin ideolojisi doğrultusunda yapılan Uygurca televizyon kanallarını izleyerek uyudum. Sabah erkenden saat yedide kapım hızlı hızlı vuruldu. Bu saatte baskın mı var? diye endişeyle kapıyı açtım. Döviz bozan dostum, otobüs biletimi getirmişti. Birinci numaraya almış.

Otobüsün etrafına beyaz elbiseleri ile çok sayıda Pakistanlı toplanmıştı, benimle beraber yalnız birkaç Uygur vardı. Otobüsün bagaj kapıları daha açıktı, İçi tavuk dolu kafesleri üst üste yığıyorlardı. Bir günlük yolculuğumuzun kötü geçeceği o an içime doğdu. Otobüsümüz hareket etti. Kaşgar'da ne bir insanla dost olabildim, ne de bir Uygur'un evini içinden gördüm. Biraz kırgın, biraz anlam veremeden şehri arkamızda bırakarak yola çıktık.

Hemen yanımda bir Pakistanlı vardı, onun arkasında genç bir Uygur kızı ranzasına uzanmıştı. Yol boyu Çinli şoför otobüsü durduruyor, Uygurlarla telefonla Uygurca konuşuyor, yeni yolcular ve bagaj alıyordu. Erik zamanı başladığından Kaşgar ve Artuş yöresindeki köylüler topladıkları erikleri Urumci'ye otobüslerle gönderiyorlardı Sigara içmek için ön tarafa gittim, Çinli şoför ile biraz sohbet ettim. Efendi, sakin biriydi. Çok küçükken, ailesinin Kaşgar'a göçtüğünü ve Uygurcayı burada öğrendiğini anlattı. Konuşurken ben onun lehçesini çok iyi anlıyordum, fakat o beni net anlayamıyordu. Artuş'da yol üstünde tek katlı büyük bir binanın önünde yine mal yüklemek için uzun süre durduk.

Otobüsten indim. Aşhanenin birinden su satın alırken, orada oturan adamlarla sohbet ettim. Biri o binanın sahibi olduğunu anlattı. Kardeşi uzun yıllar önce İstanbul'a göç etmiş ve Türkiye'den gönderdiği para ile bu binayı yapmışlar. Onlar da ilk defa bir Türk'le tanıştıklarına çok mutlu olmuşlardı. Abdülkerim Satuk Buğra Han'ın türbesi de bu küçük Artuş kasabasındadır. Satuk Buğra İlk Müslüman Türk hükümdarıdır.

Hayatı Hakkında

Satuk Buğra, Abbasi halifesi Nasır bin Ahmed'le tanışıp, ondan İslamiyet'i öğrenerek Müslüman oldu ve Abdülkerim adını aldı. Yirmi beş yaşına gelince Müslüman olduğunu açıklayıp, hükümdar olan amcası ile mücadeleye başladı. Onunla Fergana Savaşını yaptı. İlk olarak Atbaşı kalesini zapt etti. Daha sonra üç bin kişilik bir orduyla Kaşgar üzerine yürüyüp, şehri fethetti. Amcası Oğulcak Kadir Han'ı öldürdü. Ülkede hakimiyeti sağlayıp, birliği temin etti. Türk ülkelerinde İslâmiyet'i hızla yaydı. Satuk Buğra Han, yüz binlerce kişinin Müslüman olmasına vesile oldu. 955 senesinde Kaşgar civarında bulunan Artuş kasabasında vefat edince, oraya defnedildi. Abdülkerim Satuk Buğra Han'dan sonra, oğulları devrinde de ülkesine pek çok İslam alimi gelip, İslamiyet'i doğru olarak anlattılar ve yaymaya çalıştılar. Musa Tunga adında bir oğlu kendisinden sonra yerine geçti. Bundan sonra da Musa Tunga'nın oğlu Baytaş Süleyman Arslan hükümdarlık

Satuk Buğra Han, ömrünü Müslümanlığı yaymak için mücadele vererek geçirmiştir. Ölümünden sonra Kara Hanlılar döneminde onun soyundan gelenler İslamiyet'i Türk milletleri arasında hızla yaymışlar. Saltuk Buğra Han, Budizim insanları tembelleştirdiği için bu inanca karşı çıkıp savaş açmıştır.

Kuçar Yolunda

Yolculuğumuz durup kalkmalarla çok sıkıntılı geçiyordu. İkindi namazı vakti Aksu terminaline ancak gelebildik. Bütün Pakistanlılar ve birkaç Uygur yolcu otobüsten inerek, namaz kılmak için ellerindeki seccadelerle bir mescit aradılar, fakat nafile, bulamadılar. Müslüman topraklarında olan milyonluk büyük bir şehrin otobüs terminalinde küçük bir mescit bile yoktu. Mescit arayanlar ve başka otobüslerden inen yolcular, bunlara kadınlar da dahil, otobüslerin aralarında seccadelerini serip, yerde namazlarını kıldılar. Şimdiye kadar gittiğim Müslüman ülkeleri ve hatta Hıristiyan olan Avrupa hava alanlarında olan mescideri düşününce bu insanlara kalbim sızladı. Din özgürlüğü bumuydu? Elbette bu değildi. Uygurların yüzlerce yıldır özgürce yaşadıkları kendi topraklarında din hürriyetleri ellerinden alınmıştı.

Yolculuğumuza güzel yapılmış yollarda devam ettik, yan tarafımdaki Pakistanlı ile az konuşabildim. Biraz Uygurca öğrenmişti, biraz önce gözümün önünde namaz kılan adam cebindeki kutudan toz halinde kullanılan kına renkli uyuşturucudan (nisvar) çıkartıp dilinin altına koyup ranzasına tekrar uzandı.

Sol tarafımdaki ranzanın üst katında bir kadın hıçkıra hıçkıra ağlamaya başladı. Ne olduğunu merak ettim. 30 yaşlarında genç kadının ağlamaktan gözleri kıpkırmızı olmuştu.

Kucağında iki yaşlarında bir oğlan çocuk vardı. Uygur kıza bu kadının neden ağladığını sordum. "Kocası bırakıp kaçmış, şimdi babasının evine Urumci'ye gidiyor." Kadın için, "Zavallı" dedim. Kız da üstüne ekledi. "Biçare" dedi. "Biçare sözü bizde de var, fakat hemen aklıma gelmedi." dedim. Can sıkıcı olan yollarda genç kız ile biraz sohbet ettim. İsminin Mahire olduğunu söyledi. Türkiye hakkında bir şeyler öğrenmek hoşuna gitmişti. Rahatça sohbet ettik. Kendisi Kaşgar'da okulunu yeni bitirerek doktor olmuş Küçe'ye gidiyordu.

Hava daha aydınlıktı, yollar bana uçsuz bucaksız, hiç bitmeyecekmiş gibi uzun geliyordu. Her yer alabildiğine kumlardan ve çöllerden oluşuyordu. Yol boyu çok az yerleşim bölgesi vardı. Bunun sebebi, Doğu Türkistan'ın çok büyük bir coğrafyaya, fakat az nüfusa sahip olmasıdır. Akşam namazı vakti gelmiş olmasına rağmen hava daha aydınlıktı. Çölün ortasında Pakistanlılar, abdest alıp namaz kılmak için otobüsü durdurdular. Ben de otobüsten indim. Beklenmedik hafif bir kum fırtınası çıktı. Taklamakan çölünden gelen fırtına her tarafı toz dumana bürüdü. Fırtınaya rağmen, çölün ortasında su olmadığından, Pakistanlılar kumda teyemmüm yapıp otobüse geri gelip, oturdukları yerde akşam namazlarını kıldılar.

Acıkmaya başlamıştık, otobüs yol kenarında bir yerde dinlenme molası verdi. Ağlayan kadın hariç herkes otobüsten indi. Kadına yardım etmek istiyordum, ama elimden bir şey gelmiyordu. Mahire'den kadını otobüsten indirip, aşhaneye getirmesini rica ettim. Ben otururken ikisi de geldiler. Kadın en ucuz bir hamur yemeği siparişi verdi. Ben garsona kadına kebap getirmesini söyledim. Biz yemek yerken, onun yemek lokmaları boğazına düğümlenmişti, yiyemedi. Kebapları ve ekmeği paket yaptırıp eline verdim. Kadın bu sefer daha çok ağlamaya başladı. "Benim kocam olsaydı bu hallere mi düşerdim?" diye feryat ediyordu. Onun acısını hissediyordum. Kocası olmayan bir Uygur kadının kaderi Türkiye'deki kadınlardan pek farksız. Babasının evinde oturup, birinin gelip kendisini almasını beklemekten başka çaresi yok. Dul bir kadının baba evinde rahat etmesi mümkün değil.

Kadın bunu bildiğinden sakinleşemiyordu. Bir dolmuş gibi giden otobüste vakit geçmek bilmiyordu. Gecenin yarısı olmuştu, ancak Küçe'ye gelebildik. Benim yola devam edecek gücüm kalmamıştı, çok sıkılıp yorulmuştum, ama yarım günlük yolumuz daha vardı.

Mahire bu küçük şehirde inecekti. Kendisine bu şehirde otel olup olmadığını sordum. Bir kaç tane olduğunu söyledi. Otobüsten onunla birlikte ben de indim. Bana bir otel bulmaya yardımcı olması için rica ettim. Bir taksi durdurdu, şoför Uygur'du. Aralarında konuştular ve beni çok güzel ve büyük bir otele götürdüler. Taksici dışarıda bekliyordu. Resepsiyonda şişman bir Çinli kadın çalışıyordu. Oda fiyatını sorduk, söylediği fiyat uygundu, pasaportumu istedi, benim Çin vatandaşı olmadığımı görünce hemen fiyatını artırdı. Gece vakti başka otel arayacak değildim, kabul ettim. Mahire'ye bana Küçe'yi ücret karşılığı gezdirmesini rica ettim. Kaşgar'daki gibi burada da yalnız kalmak istemiyordum. Yarın saat onda geleceğine söz verip bizi getiren taksiyle evine gitti.

Kuçar veya küçe

Çantalarımı odama koyduktan sonra, canım bir sigara çekti, pakete baktım, bomboştu. Dışarı çıkıp, bir açık dükkân aradım fakat hepsi kapanmıştı. Yol kenarında üç Uygur genç ayakta sohbet ediyorlardı. Selam verdikten sonra nereden sigara bulabileceğimi sordum. Dükkânların kapalı olduğunu söylediler. İçlerinden biri bana cebinden çıkardığı yarım paket sigarayı hediye etti. "Nerden geldin, kimsin" diye bir şey sormadılar, belki de sormaya çekindiler. Otelin park yerinden geçip odama giderken çok sayıda olan arabalara baktım. Hepsi yeni model, pırıl pırıldı.

Sabah erkenden uyandım. Aşağı indiğimde müşteriler büyük restoranda kahvaltı yapıyorlardı. Hepsi Çinliydi, içlerinde ne bir Uygur, ne de başka bir yabancı görebildim. Kapının önüne çıktım, yakında bir askeriye olmalıydı, sabah talimi yapan askerlerin sesleri sokaklarda yankılanıyordu. Otelin önünde çevreyi incelerken, içeriden çıkan güzel giyimli, bakımlı Çinliler arabalarına binip, teker teker gidiyorlardı. Bunlar buraya yeni göçen, iş kurmaya veya Doğu Türkistan'ı gezmeye gelen Çinlilerdi.

Mahire'nin gelmesine daha iki saat vardı. Çay içmeye bir yer aradım. Yüz, iki yüz metre ileride bir Uygur pazarı gördüm. Uygur pazarlarını en uzaktan bile tanımak mümkün, derme çatma kurulu çardaklar hemen kendisini gösteriyor. Hava oldukça serindi, hatta biraz üşüdüm. Yanlarına gittim. Küçük pazar yerinde çok az satıcı vardı. Bir aşhaneye geçip, çay istedim. Uygurlar yeşil çayı, şekersiz içiyorlar ve para almıyorlar. Çayın yanında yemek yenmesi gerekiyor. Fakat iştahım yoktu. Yemek istemedim. Aşhanede oturan adamlara kendimi tanıttım. Hepsi memnun bir şekilde başlarıyla beni selamladılar. Bunlar da hiç konuşmadı. Ayrılırken çay için masaya para bıraktım, kabul etmediler.

Saat on olduğunda otelin önüne Mahire bir kadınla beraber geldi. Arabada yüksek sesle Uygurların ünlü parçası "Merbiye, merbiye" çalıyordu. Arabadan inen kadın bana, "Çantalarını da al gel" dedi. Mahire gece Çinli kadının bana oda fiyatını artırdığını anlatmış. "Seni başka bir yere götüreceğiz" dediler. Yolda şoför kadın, adının Aygül olduğunu söyledi. Kendisi taksicilik yapıyor ve Mahire ile aile dostuymuş. Kırk yaşından fazla gösteriyordu. Evleri yan yanaymış, bundan dolayı beraber gelmişler. Mahire beni her gün akşam saat beşe kadar gezdirebileceğini, annesinin bu saate kadar izin verdiğini söyledi.

Yeni gittiğimiz Kedi isimli otel çarşının tam ortasındaydı. Halkın özel günlerde toplandığı "Halk meydanı" ve çevrede çok sayıda Uygurların dükkânları vardı. Halk meydanında ilgimi bir büyük kadın heykeli çekti. Doğu Türklerinin aynı Azarbaycan'da olduğu gibi sayısız kadın halk ozanları var. Bu heykel elinede sazıyla onlardan birisi için kurulmuştu ismini sormak aklıma o an gelmedi. Burada yalnızlık çekmezdim. Otel odasının pazarlığını Aygül yaptı. Salonda otelin Çinli sahibinin ve Çinli olan Doğu Türkistan valisinin resmi asılıydı. Üçümüz de odaya çıktık, modern odanın halısı kir içindeydi. Dört beş odayı dolaştıktan sonra temiz bir oda bulduk. Televizyonu açtık, Uygur televizyon kanaları yoktu. Bir Çinli geldi ve televizyonu ayarladı. Burada yalnız olmadığıma Tanrıya şükür ettim.

Çantalarımı odaya koyduktan sonra, beraber aşağıya indik. Bana nereye gitmek istediğimi sordular. "Neresi güzelse oraya gidelim." dedim. "Bin evler" denen yere doğru yola çıktık. Aygül, ücret olarak, "Arabamın gaz parasını verir, karnımızı da doyurursun yeter, sen misafirsin." dedi. Küçük şehri hemen çıkıp, dağlara doğru yöneldik. Gideceğimiz yer Küçe'ye 60 km uzaklıktaydı. Bir müddet sonra dağların eteklerine gelince asfalt yollar bitti. İnişli çıkışlı kumlu çakıllı taşlı yollarda yolumuza devam ederken, tabiatın değişikliğine şaşırdım. Fazla yüksek olmayan dağlarda ne ot, ne de ağaçlar vardı. Her taraf boz siyah taşlar, kayalıklardan ibaretti. Çinliler dağları delmişler, buradan madenler çıkartıyorlardı. Bütün Çin'de mevcut olan maden çeşiderinin çoğu Doğu Türkistan'dan çıkarılmaktadır. Yol boyu madenleri taşıyan büyük iş kamyonları dozerleri, çalışan işçileri izleyerek gittik. Çinliler dağlara tüneller delip, aralarına köprüler kurarak yük taşımasını kolaylaştırmak için harıl harıl çalışıyorlardı. Yolun kenarında kıpkırmızı toprağı önüne katarak akan bir nehir vardı.

Gideceğimiz yer uzaktan gözüktü. Kupkuru dağların arasında yeşil cenneti andıran bir vadiye geldik. Kapıdaki giriş ücretini verdikten sonra arabamızı park edip gezmeye çıktık. "Bin evlerin" ne demek olduğunu şimdi anlıyordum. Burası Uygurlar Müslüman olmadan, Budist iken rahiplerinin ibadet ettiği mağaralardı. Tepelere çok sayıda, bir odadan olmak üzere yumuşak kayalıkları oyup ev yapıp, içinde yaşayıp ibadet ediyorlarmış. Burayı yüz yıl önce Almanlar bulup ortaya çıkarmışlar. Odaların bazılarının içinde o dönemki rahipler Buda'nın resimlerini çizmişler ve yüzünü yaprak altınlarla kaplamışlar. Almanlar bu altınları kazıyıp götürmüşler.

Bu Uygurların yüzeyden duyduğudur. Aslında Almanlar 1904- 1928 yılları arasında bütün Doğu Türkistan'ı araştırmışlar ve bin evlerden en az 80 deve yükü, 74 sandık dolusu her biri 60 kg. Ağırlığında tarihi eşyalar toplayıp Almanya'ya göndermişlerdir. Bu eşyalar günümüz de Berlin'dedir. Buda resimlerini İslam dinine geçen Uygurlar putperestliğe karşı oldukları için kazıyıp yok etmişler. Alman araştırmacıları yazdıkları kitaba ilginç bugün unutulan eski doğu Türklerinin aşk ilanını almışlar. Bir kız veya erkek sevgilisine mektup yerine küçük bir torba gönderiyor. İçindeki her maddenin ayrı bir anlamı var. Bir tutam çay: sensiz çay içemiyorum. Bir sarı ot dalı: sensiz sarardım. Kırmızı kuru kiraz: kızardım. Kuru bir kaysı: sensiz kurudum. Bir parça kömür: sensiz yanıp kül oldum. Kuru bir çiçek: çok güzelsin. Bir parça şeker: çok tatlısın. Çakıl taşı: kalbin taş gibi. Şahin kuşundan bir kanat tüyü: kanadım olsa sana uçardım. Ceviz içi: sana gelirim.

Mağaraları Çinli rehber gezdirdi. On, on beş Çinli de bu eski tapınakları görmeye gelmişlerdi. Havada serin ve yakıcı güneş olmamasına rağmen Çinliler ellerinde şemsiye ile dolaşıyorlardı. Aygül'e, "Bunlar neden şemsiye ile dolaşıyorlar?" diye sordum. "Onlar güneşten korkuyorlar." dedi. "Çinliler Uygurlara göre daha esmer tenli oldukları için, tenlerini beyaz tutmak için güneşten hep kaçıyorlar." Yakında bir şelale olduğunu söylediler. Dağı tırmanarak şelaleye doğru çıktık. Dağların arasından akan güçsüz küçük şelalenin yumuşak kayalarına gelen gidenler isimlerini kazımışlar. Suyundan biraz içtim, az tuzluydu. Suyun tuzlu olmasından dolayı bir de efsane anlatıyorlar. Birbirlerine kavuşamayan iki sevgili burada intihar edince, gözlerinden akan yaşlardan bu tuzlu su çıkmış. Su akarak aşağıda bir küçük göl haline gelip, yeşil vadiyi oluşturmuş.

Geri dönerken Aygül topladığı ot ve çiçeklerden iki tane baş tacı yapıp, birini kendinin, diğerini de Mahire'nin başına taktı. Vadiye geri döndük, şelaleden akıp gelen ince çayın dibinde bir Uygur kebapçısında biraz yemek yedikten sonra şehre yine "Merbiye" şarkısını dinleyerek geri döndük. Akşam karanlık çökmüştü. Aygül beni otele bıraktıktan sonra, "Çamaşırların kirliyse ver, yıkayıp yarın getircyim." "Hayır, sağ ol gerek yok" dedim. Ayrılırken, "Odanın kapısını kilitle, kimseye açma." diye tavsiyede bulunup gittiler. Doğu Türkistan'a geleli ilk defa bu kadar mutlu ve güzel bir gün geçirmenin neşesiyle, kirlenen bir iki elbisemi yıkayıp pencerenin önüne serdim. Uygur televizyon kanallarını izleyerek uyudum.

Telefonum çaldığında sabahın on sıralarıydı. Aygül, "Yukarı geliyoruz giyindin mi?" diye sordu. Geldikleri zaman çamaşırlarımı yıkadığımı görünce, yıkaması için ona vermediğime üzüldü, bana biraz kızdı. Odamın camını açmıştım, elini uzatıp pencereyi kapatmaya başladı. Ona, "Pencereyi kapatma" dedim. "Ne dedin, pencere mi?" diye sordular. Benden olumlu yanıt alınca ikisi de heyecanla gülüştüler. "Pencereye biz de eskiden pencere diyorduk. Şimdi Çince bir isim söylüyoruz."

Onlardan Uygurcayı çok iyi öğrenmeye başladım. Onlar da Türkçede kullanılan fakat Uygurcada unutulan bazı sözleri benden merakla öğrenmeye başladılar. "Bugün seni Han Orduları Evi'ne götüreceğiz." gittik. Han Orduları Evi, eski Küçe şehir surlarının duvarlarına dayanmış bir küçük şehir müzesiydi. Müzenin olduğu yerde eskiden Han ordularının kaldığı koğuşlar varmış. Doğu Türkistan'ın bütün şehirlerinde olduğu gibi bu müze de Çinlilerin kontrolünde ve yalnız bir Uygur rehber kadın çalışıyordu. Genç rehber kadın bize müzeyi gezdirmeye başladı. İlk olarak girdiğimiz odada bir Uygur ailenin insan boyunda maketleri vardı. Maketler o kadar çirkin yapılmıştı ki, insanın aklına sanki bunları kasıtlı çirkin yaptıkları fikri geliyor. Hepsi uzun kulaklı, uzun burunlu, gözleri dışarı fırlamış. Rehber kadına, "Bu maketler niçin böyle çirkin?" diye sordum. "Bunu sizden önce başkaları da söyledi. Ben de müdürümüze sordum, o da maketleri bir Uygur'un yaptığını anlattı.", "Müdürünüz Uygur mu?" "Hayır, Hanzu (Çinli) " dedi.

Müzede Küçe çevresinden kazılarda çıkartılan eski eşyaların yanı sıra yakın tarihten de birçok eşya sergileniyor. Çinliler tarihi şeyler anlattıkları zaman, bizde olduğu gibi tarihi söylemiyorlar, Çin'de kurulan hanlıkların ismini söylüyor. Örneğin; "Bu eşya, Tang döneminden" diyorlar. Sanki her yabancı hangi hanlığın, hangi yıllarda kurulmuş olduğunu biliyor gibi, mantıksız bir anlatılış şekli.

Müzeyi dolaşarak bir odaya geldik, odanın önünde birkaç Uygur genci kız ve oğlan karışık, birazdan başlayacak olan folklor gösterileri için heyecanla kapıda bekliyorlardı. Rehber kadın bana, "Şimdi bir folklor gösterişi var, isterseniz girip siz de bakın" dedi, içeride ön tarafta bir köşeye oturdum. Bu odanın içindeki duvarlara Kuran'dan birkaç Ayeti asmışlar, odanın ortasında bir yer sofrası ve kapının hemen girişine büyük içki barı kurmuşlardı. Burası sözde bir Uygur evini anlatıyordu.

Yer sofrasında belki yirmi Çinli oturmuş, bardan aldıkları içkileri içiyorlardı. Birazdan gençler geldi ve folklor başladı. Çinlilerin önünde oynayan Türk kızlarına, duvardaki Ayetlere, içki şişelerine baktım içim bulandı. Sanki biri boğazımı sıkıyordu kendimi zor dışarı attım. Rehber kadın, "Neden çıktınız, ne oldu?" diye sorunca, kızgın bir ses tonuyla elimde olmadan, "Burası nedir, meyhane mi, müze mi, içki barı mı?" dedim. Kadın bana tuhaf tuhaf bakarak, önceden öğrendiği hazır cevabı yetiştirdi: "Bizde 56 millet yaşıyor. Sizde de içki içenlerin önünde oynayan Müslüman kızlar vardır." Sonra durakladı. "Hayır, sizde olmaz."dedi. (O, bütün Türkleri melek sanıyordu). Ben kadına, "Dediğiniz doğru, bizde de var, fakat biz içki içilen ve satılan yerlere Kuran'dan ayetler asmıyoruz." dedim. Onun "Biz de 56 millet yaşıyor" demesi Çin propagandası dışında bir şey değildi. Bu 56 milletin adı var fakat kendileri yok. Varlık olarak bir tek folklör kiyafetleri kalmış hepsini asimile edip eritmişler. Aslında burada zoruma tek giden Türk kızlarının işgalçiler tarafından dans ettirilmesiydi.

Göklerden süzülüp gelen bir güzelliğe sahip olan bu genç kadın, neden kızdığımı anlamıştı ve kendisi de bir Türk idi. Başını aşağı eğerek, üzgün bir halde, "Emel yok (çare yok)" dedi. "Emel yok" Bu iki kelimeyi bütün seyahatim boyunca Uygurlardan daha çok duyacaktım. Dolaşarak büyük bir odaya geldik. Bu odada tarih boyu Dogu Türkistan`da kurulan hanlıklar, beylikler, devletler hakkında resimler ve haritalar vardı. En son resimler çok yeniydi ve resimlerdeki bir adam günümüzde giyilen kıyafederi giyinmişti. "Bu adam kim?" Kadın, "Bu Davut Mahsut. Kendisi en son Uygur padişahıdır. 1941 yılından 1949 yılma kadar padişahlık yapmıştır. Tahta çıkarken daha 14 yaşındaydı" dedi. "Kendisi nerede?" "Burada" Daha ayrıntılı cevap almak için, "Küçe'de mi?" Cevabı, "Hem Küçe'de, hem bu müzede" oldu. Şaşırmıştım. "O zaman bu adamı görmek istiyorum." "Görebilirsiniz fakat 200 köy (20 Euro) vermeniz gerekiyor." Kabul ettim. Dışarı çıktık, bir yere telefon açtı. "Davut Bey şimdi yemeğe gitmiş, birazdan gelir bekleyin" dedi. Dışarıda beklemeye başladık.

Uzun boylu, dimdik yürüyen, başında Uygurların milli şapkası ve mavi takim elbiseyle, Davut Mahsut gözüktü. Arkasında hizmetçisi yürüyordu. Çok yaşlı adamın yanına yaklaşıp elini öptüm. Adam ne yapacağım şaşırdı, çünkü Uygurlarda el öpme geleneği yok. Beraber kaldığı odaya geçtik. Burası müze sınırları içinde kendisine verilen iki oda ve bir terastan oluşuyordu. Yer sofrasına geçip oturduk. Mahire yanımdaydı. Hizmetçi kız üç tas su getirdi. Davut Mahsut benim Türkiyeli olduğumu öğrenince, "Payitaht Türkiye, benim

52

küçük bir kız kardeşim İstanbul'da yaşıyor." dedi.

Benimle sohbet etmeye başladı, fakat lehçemi tam anlayamıyordu. Ben ise onu çok net anlıyordum. Mahire benim konuştuklarımı ona tekrarlıyordu. Bu şekilde çok net anlaştık. Davut Bey anlatmaya başladı. "Şarki Türkistan; Biz Uygurlar tarihte 36 devlet, hanlık ve beylik kurduk" dedi.

Sonra bütün Uygur şehir ve kasabalarının köylerinin isimlerini birbirine uzaklıklarım ve tarihini anlattı. Adam 81 yaşında olmasına rağmen zihni çok güçlüydü. "Küçe; Küçe, Şarki Türkistan'ın Kaşgar'la birlikte en eski şehri. Küçe 1958 yılında dağlarda karların erimesiyle akan güçlü sellerle yıkılıp yok oldu. Zaten biz evlerimizi topraktan kuruyorduk, suyun gücüne toprak evler dayanmadı. Sellere kapılan çok adamımız öldü." Sonra sözü dine getirdi. "Hindistan; biz çok eskiden Hindistan'dan gelen Budizm'e inanıyorduk, sonra İslamiyet geldi, benim soyumdan olan 16.000 adam 1429 yılında topluca bir günde Müslüman oldular." Yaşlı adam çok fazla konuşamıyordu, üzerinde yılların verdiği yorgunluk vardı, buna rağmen konuşmaya devam etti.

"Ben Cengiz Han'ın 3. dayısının 6. oğlunun soyundan geliyorum." dedi. Biraz daha konuştuktan sonra, bizi yolcu etmek için ayağa kalktı. Kapıda bizi uğurlarken bir resmini çekmek için terası da olan sandalyeye adamı oturttum, sonra bir de ikimizin resmini çektirdim. Doğu Türkistan'a geleli on günden çok olmuştu ilk defa rahat konuşan ve "Şarki Türkistan" ismini ağzına alan bir insana rastlamıştım. Tekrar elini öperek yanından ayrıldık.

Rehber kadın bizi çıkış kapısına kadar getirdi. 200 köyü çıkartıp kendisine verdim. Parayı gişede oturan Çinli kadına uzattı. Anlaşılan, bu adamı Çinli müze müdürü turistlere pazarlıyordu. Rehber kadın parayı alınca çok sıkıldı ve yüzü

kızardı. Ayrılırken sağ elini göğsünün üstüne koyarak bana, "Sizin için her zaman gönlümde özel bir yer olacak." dedi.

Çin hükümeti her ne kadar komünist partiye bağlı insanları işe alsa da, Uygurlar Gönüllerinde her zaman özgürlük ateşiyle kavruluyorlar. Bu rehber kadın benim davranışlarımdan etkilenmişti.

Bu görüp duyduklarımı çözmeye çalıştım, fakat bilgiye ihtiyacım vardı. Akşama doğru Halk Meydanın ikinci katında bulunan Internet kafeye gittim. Davut Mahsut'un anlattıkları hakkında şu bilgileri topladım: Cengiz Han, ömrünün sonuna doğru 1225 yılında imparatorluğunu dört oğluna Moğol geleneğine göre paylaştırırken, ikinci oğlu Çağatay'a bütün Türkistan'ı verir. Türkistan'a göçüp orada yaşayan Moğollar, çiftçiliğe dayanan yerleşik hayata geçtiği için yavaş yavaş Türkleşirler. Fakat Budizm'e dayalı dinlerini bir müddet devam ettirirler ve eğer Davut Mahsut'un verdiği tarih doğru ise 1429 yılında da İslam dinine geçerler. Fakat bu adamın son Uygur padişahı olduğunu iddia etmeleri kafamda bir değil, bin soru işareti bırakmıştı. Onun cevabını da buldum.

1911 yılında Mançu sülalesinin Doğu Türkistan üzerindeki hâkimiyeti yıkılarak, yerine Cumhuriyet rejimi kuruluyor. Bu tarihiden sonra Doğu Türkistan'da iki Cumhurriyet kuruldu ve bazı bölgerlinde 1949 yılına kadar mahalli idareciler vardı bu adam o mahalli idarecilerden biriydi. 1949 yılında komünist Çinlilerin Doğu Türkistan'ı işgaliyle Davut beyin idareciliği sona erdi. Davut Mahsut Küçe'de mahalli bir idareciydi. Çinliler onu bana "Satılık bir Uygur padişahı" gösterdikleri gibi, müzeye gelen herkese aynı manzarayı sergiliyorlardı. Neden para aldıklarını çok düşündüm. Cevap ortadaydı. Uygurları medeniyetsiz, satılık göstermek ve aynı zamanda müze müdürünün havadan para kazanmasıydı.

Internet kafeden çıkıp şehri yalnız başıma dolaşmaya başladım. Buranın Uygur halkı da Kaşgar'da olduğu gibi gözle görülür fakirlik içinde yaşıyordu. Her tarafta seyyar satıcılar, yol kenarlarında işsiz güçsüz oturan insanlar, üç beş kuruş kazanmak için yollarda bir şeyler satmaya uğraşan kir içinde adamlarla doluydu. Kasaplar eti yolun kenarlarında tozun toprağın içinde açıkta satıyorlardı. Kasapları incelerken bir motosikletin arkasına bir bütün koyunun etini torbaya bile sarmadan açık yüklendiğini gördüm. Eti, tozun toprağın içinde götürüyorlardı. Hepsi yokluk ve yoksulluğun belası.

Saçlarım biraz uzamıştı. Bir berber dükkanına girdim ve yüksek bir sesle,. "Es selamın aleyküm." dedim. Oturan birkaç adam yüzüme baktı ama, "Aleyküm selam" diyen olmadı. Başları ile selam verdiler. Sanki bu insanların ruhları çalınmıştı, hepsi sanki yaşayan birer ölüydü. Bu şehirde nereye gidersem yalnız, mutsuz ve çaresiz insanlarla karşılaştım.

Ertesi gün erkenden Mahire gelip beni çağırdı. Aygül'ün işleri varmış gelmemişti. Yakınımızda bulunan bir aşhaneye gidip yemek yedik. Biz yemek yerken yan masamızda çok bakımlı 45-50 yaşlannda iki kişi oturuyordu. Ben konuşmak, buranın insanlarını tanımak istiyordum. Ne iş yaptıklarını sordum. Adamın biri eliyle bir tabanca işareti yaparak, "Men politkayim." Mahire'ye politkanın ne olduğunu sordum, "Polis" dedi. Her ikisi ile biraz sohbet etmeye çalıştım ama rahat konuşmak mümkün olmadı. Yüzleri öyle sertti ki, "Yüzünden düşen pire, bin parça olur." sözü bu adamlar için geçerliydi. Yanlarına bir Uygur polis kadın gelip oturdu.

Fotoğraf makineme, bana bakıyordu. Sanki, "Senin bu küçücük şehirde ne işin var?" demek istiyordu. Bakışı öyle sertti ki, sanki onun yedi sülalesini ben katletmiştim. Odun baltaya boşuna dememiş, "Sen beni kesemezdin ama, ne yazık ki sapın benden." Bu polisler aslında iki ateş arasında kalmıştı. Bir yanda gözleri önünde ezilen kendi halkı, diğer yandan yaşamak için çalışmak mecburiyeti. Bunların postunun içinde kimse olmak istemezdi.

Ertesi gün öğlene doğru Aygülle buluştuk. Şehrin dışında görülecek bir gözetleme kulesi kalmıştı. Hep beraber oraya gittik. Bu kulenin hemen yakınına turizmden kazanılan paranın tadını alan Çinliler, parasız girişi engellemek için duvarlar örüyorlardı, fakat inşaatı daha bitmemişti. Kulenin tarihi hakkında bir bilgi yok, fakat birkaç yüzyıllık olduğu kesindi. Kule şehre yaklaşan düşmanları gözetlemek için kurulmuş. Bu kule gibi Doğu Türkistan'da sayısız kuleler varmış, genellikle topraktan yapıldığı için zamanla yıkılmışlar. Yüksekliği kurulduğu zaman 24 metre olan kuleden şimdi geriye 18 metre kalmıştı. İşletildiği dönemlerde düşman askerleri uzaktan görüldüğü zaman gündüzleri duman, geceleri ateş yakarak haberleşiyorlarmış.

Dönüşte Aygül beni evine yemeğe götürdü. Üçümüz Aygül'ün yalnız yaşadığı evine gittik. İlk defa bir Uygur'a ait evin içini görüyordum. Dünyanın her yerinde olan Türk evlerinden bir farkı yoktu. Yerde minder, yastık ve duvarda halılar olan bahçeli, etrafı yüksek duvarlarla çevrili taştan örülmüş bir evdi. Aygül kocasının sekiz yıl önce kendisini terk ettiğini anlattı. Beni içeri oturtup bir video açıp kendisi dışarıda yemek yapmaya gitti. Açtığı video İbrahim Tatlıses ve Tarkan'ın video küplerinden oluşan bir müzik CD'siydi. Aygül bu iki sanatçıya hayran olduğunu anlattı. Biraz videoya baktım. Zaten her ikisini de pek dinlemiyordum. Fakat "Yiğidi öldür, hakkını yeme" diyen atalarımız boşuna bu sözü söylememişler. Bu iki sanatçımızın buralara kadar nam saldığını görünce sanatçılarımıza hayranlık duydum ve bunların aslında gerçek sanatçı olduklarına kanaat getirdim. Odanın bir köşesindeki cilalı ağaç parçası üzerinde bir taş vardı. Uygurlarda süs taşı merakı çok büyüktür. Taşları evlerine süs için koyuyorlar. Bu merak ashnda Çinliler'den, Uygurlara geçmiştir. Duvar'da Aygül'ün evlendiği zaman gençlik ve güzellik yıllarında eşi ile çektirdiği bir resim asılıydı. Adam sekiz yıldır evini ve kızını görmeye gelmediği halde, resmini indirmemiş, kapının üstünde asılı duruyordu. Canım sıkıldı, dışarı çıktım. Demir kapı ile kapalı bahçenin içerisinde yalnız üçümüz vardık. Bahçede odun ile yanan ocakta, yaşlı koyunun eti bir türlü pişmek bilmiyordu. Aygül şakalaşarak, "Seni içeri kapattık, şimdi babam gelip ikimizin nikahını kıyacak, sen burada kalacaksın." dedi. "Eğer bu şehrin tapusunu bana verseler yine burada kalmam. Buranın insanları benden kaçıyor. Seninle nikâh yapacak olsam seni Türkiye' ye götürürdüm." dedim. Ama gelemezsin çünkü sana pasaport vermiyorlar. Hem benim hanım Almanya`dan gelip bizi Türkiye`de bulup ikimizide vurur.

Aslında o gece küçük oğlumu rüyamda görmüştüm. Yüzü gözü kir içindeydi ağlıyordu, gözelerinden akan göz yaşları yüzünden aşağı doğru akıp yüzünde izler bırakmıştı pek neşem yoktu o gün.

Sert koyun etini akşamın serinliğinde güzel bahçede beraber yedik. Etin içinde patates yerine beyaz ve kırmızı havuç vardı. Uygurlar çatal, bıçak yerine çubuk ve kaşık kullanıyorlar. Fakat biz yemeği onların hiçbirini kullanmadan elimizle yedik. Akşam karanlığı çökmeden beni otelime geri getirdiler. Aygül

57

hanım benim için bir hediye almış çıkarıp verdi. Üstü güzel motiflerle işlemeli bir su kabağı içine su koyuyorlar. onun o güzel hediyesini ısrar etmesine rağmen kabul etmedim yanımda taşıyamazdım. O gece ilk defa bir Uygur evi gördüğümün sevinci ile televizyon izleyerek uyudum.

Sabahleyin otelin yakınında bulunan bir kitapçıya gittim. Epey geniş dükkânı ikiye bölmüşler, bir tarafında Uygurca, bir tarafında Çin dilinde yazılmış kitaplar satılıyordu. Uygurca kitapların olduğu kısımda birkaç Uygur kitaplara bakıyordu. Bir Çin ve Doğu Türkistan haritası aldım. Fakat her ikisi de Çince yazılmıştı ve harita öyle berbat çizilmişti ki aldığıma pişman oldum.

Cebimdeki Çin paraları azalmaya başlamıştı, burada dövizi yalnız Çin Milli Bankası bozuyordu. Birkaç kişiye sorarak nihayet bankayı buldum. Sıradaki belki on kişinin hepsi Çinliydi. Çalışan çok sayıda memurun içinde yalnız bir Uygur kadını gördüm. Yolu yaya geri giderken yol kenarında bir aile hasat ettikleri buğdayı kuru asfalata sermiş kurutuyorlardı. Yanlarında durup onları korkutmadan fotoğraflarını çektim sanki bizim Anadolu insanları.

Buluşma saatimiz yaklaşmıştı, otelin önüne geldim. Mahire gelmiş, beni bekliyordu. Birazdan gelen Aygül'ü tanıyamadım. Saçlarını zifiri siyaha boyatmış, ipekten bir elbise giymiş, yüzüne kremin yanı sıra o kadar pudra sürmüştü ki, sanki beyaz kireç ile boyanmışa benziyordu. Bu şekilde makyaj yapan bir kadını ilk defa Kaşgar'da, bir defa Küçe'de görmüştüm üçüncüsü Aygül oldu. Nereye gittiğimi sordu, Çin Milli Bankasına gittiğimi söyledim. "Biz Uygurlar o bankanın önünden bile geçemiyoruz. Çünkü bizde para yok." dedi. Söylemesine gerek yoktu, zaten görüyordum.

58

Şehirde gitmediğimiz yerleri akşama kadar dolaştık. Bu iki hanımefendi olmasa burada hiçbir şey göremeyeceğimin bilincindeydim ve bunlara çok minnettardım. Karanlık çökünceye kadar dolaştık. Hava kararmaya başladığında beni otelime bırakıp gittiler. Aradan biraz vakit geçmişti, odamın telefonu çaldı, arayan Aygül'dü. "Aşağı gel" dedi. Bana çok lezzedi pastalar ve taze meyveler getirmişti. Şeftali, dut, kavun, erik bırakıp acele gitti babası ve kızı arabada onu bekliyorlardı.

Doğu Türkleri her ne kadar yabancılarla görünmekten korkup, uzak dursalar da Türk milletlerinde olan misafire hürmeti unutmamışlar. Aygül'den ertesi gün ayrıldım. Görülecek bir şey artık kalmamıştı. Taksisine ihtiyacım yoktu.

Vakti olduğu zaman gündüzleri Mahire ile dolaşıyor sonra yalnız kalıyordum. Uygur dilini iyi öğrenmeye karar vermiştim her şeyin ismini soruyordum. "Balık nedir?" dedim. Beni anlamadı. Bunun üzerine elimle balık şekli yapıp suda yüzdürdüm. "He bıllık" dedi. Bunun gibi ilginç kelimeler var bizde olmayan. Örneğin; Tavuğun adı Tohu, yumurtanın adı Tohum fakat kelimelerin yüzde doksanı bizim Türkçe ile aynıdır arada lehçe veya şive denen fark var.

Yine bir akşam vakti odamda canım sıkılıyordu, pencereden Uygur müziği sesi geliyordu, dışarı çıktım. Yakınımızda, ikinci katta bir Uygur restoranında canlı müzik yapıyorlardı, gidip boş bir masaya oturdum. Yan masada belki on Uygur genci, yanlarındaki masada onların hanımları ve sevgilileri oturup çekirdek yiyip çay içiyorlardı. Benim yalnız oturduğumu görünce yanlarına davet ettiler. Onlarla oturup sohbet ederken hepsine yemeğimden ikram ettim. Zaten aç değildim, boş oturmamak için yemek ısmarlamıştım. Bu grupla otururken kapının önünde kısa sakallı bir genç adam bana,

"Gelin" diye işaret ediyordu.

Çaktırmadan yanına gittim. Önüme düşüp beni bir odaya götürdü. Orada başörtülü bir Uygur kadın bana, "Beraber oturduğunuz adamlar iyi adamlar değil, buradan çıkıp gidin." dedi. Bu sözler üzerine yerime geri dönüp biraz daha oturdum. Bozuntuya vermeden kalkıp otelime gittim. Çin'de yılda en az 4000 kişi kaçırılarak öldürülüyor genelde kendi aralarındaki mafya olayları. Doğu Türkistan'da bu kadar polis ve askerin olduğu yerde böyle olayların olaçağını sanmıyorum. Belki bu gençler yan kesici falan olabilirdi kadın beni olabilecek bir tehlikeye karşı uyarmak istedi.

Küçe'de daha fazla kalmam için aslında hiçbir sebep yoktu. On gündür bu küçük ilin bütün sokaklarını ezberlemiş, görülecek yerlerini görmüş, Mahire'nin sayesinde Uygurcayı çok iyi öğrenmiştim. Artık ayrılık zamanı gelmişti.

Bir akşam vakti, Urumci'ye gitmek için otobüs terminaline geldik. Ben bu zayıf, saf ve temiz hanimefendi Mahire'ye bir küçük kardeşim gibi, o da bana bir ağabeyi duyguları ile bakıyordu. Çok nazaketli ve terbiyeli bir insandı. Ayrılık vakti geldi göz yaşlarımızı zor tuttuk. Mahire çantasını açarak bana Hotan'dan getirdiği el örmesi atlas ipekten bir kadın atkısını anneme vermem için hediye etti. O kadar zahmet çekip beni şehirde gezdirdiği halde çıkarıp, katlayıp kendisine uzattığım parayı almadı. Ne kadar ısrar ettiysem kabul etmedi. Hediye olarak ona bir gün önce aldığım ucuz bir güneş gözlüğü kaldı.

Otobüs hareket ettiğinde Mahire, gözlerimden uzaklaşıncaya kadar arkamdan el salladı. Binlerce kilometre yol gidip onu tanımıştım. Belki kardeşliğimiz, dostluğumuz burada bitmiş, bir daha birbirimizi asla göremeyecektik.

Yarım günlük Urumci yolunu hiç konuşmadan gitmek zorunda kaldım. Bir gün önceden bilet aldığım için benim ranzam yine en öndeydi. Yanımda ve arkamda yalnız Çinliler vardı. Hepsi birbirlerine küsmüş gibi konuşmadan, uzandıkları ranzalarda uzun yolların bitmesini bekliyorlardı. Fakat arka taraftan Uygurların konuşmalarım duyuyordum. Bana uzak oldukları için sohbet etmek imkânım olmadı. Gece olduğunda bilemiyorum, artık nerelere gelmiştik. Otobüsümüz Uygurların işlettikleri yan yana dizilen aşhanelerin önünde mola vermek için durdu.

Sağa sola bakıp bir tuvalet ararken yanıma uzun boylu, iyi giyimli bir Uygur genci yaklaştı, "Hacethane"(tuvalet) nerede?" diye sordum. Beraber yürürken bana, "Siz nerelisiniz?" dedi. Türk olduğumu duyunca büyük bir sevinç ve heyecanla, "Sizin bayrak ile bizim Şarki Türkistan bayrağı aynıdır, ikisinin de içinde ay yıldız var. Sizin bayrak kırmızı, bizimki mavidir." dedi. Ne diyeceğimi şaşırmış, hayretler içinde ismini bile bilmediğim gence bakıyordum. Yirmi günden bu yana ilk kez Türkistan bayrağından, ay yıldızdan bahseden birine rastlıyordum. Çinliler her fırsat da Uygurları nasıl daha fazla baskı altına alabileceğinin hesabını yaparken, anlattıkları gibi hiç de isyancı, bölücü Uygurlara rastlamadım. Beraber geri dönüp bir masaya oturduk. Açık konuştuğuna sanki biraz pişman olmuştu, sonra ağzından açık bir laf çıkmadı. Yanında genç bir Uygur kadın oturuyordu, beni onunla tanıştırdı. Kadın, "Ben sizi Küçe'de gördüm. Sizin bir kız dostunuz var." Kadına, "Evet, bana Küçe'yi gezdiren Mahire isminde edepli bir kız dostum var, onu görmüşsünüz." dedim.

Ben Uygurları izleyip onları incelerken, onlar da beni, ben farkında olmadan gözetliyorlarmış. Biraz sohbet ettik, adam kendisinin elektrik mühendisi olduğunu anlattı.

Yemeklerimizi yedikten sonra, tüm itirazlarıma rağmen benim yemek hesabımı da ödedi. Gecenin karanlığında ocakların alevleri, yemeklerin kokuları Taklamekan çölünün kumuna karışmıştı. Tekrar yola çıktık. Karanlıkta dışarıda bir şey gözükmüyordu. Battaniyenin altına girip uyuya kalmışım, otobüsün Urumci terminalinde sabahın erken saatlerinde durmasıyla uyandım.

Urumci

Bir taksiye binip, şoföre beni Orta Asya Türklerinin konakladığı bir otele götürmesini söyledim. Bincan Otel'in park yerindeki çok sayıda otobüs ve taksilerin arasında durduk. Park yerinde onlarca Uygur adam ellerinde bir demet para, veya bir deste telefon kartı ile üstüme saldırdılar. Hepsi ya döviz bozmak, ya da telefon kartı satmak istiyordu. Otelin lobisi sanki "ana-baba" günüydü.

Ruslar, Kazaklar burayı panayır yerine çevirmişler. Kahkaha sesleri mermer salonda yankılanıyordu. Bu kalabalıkta odalar altından kaplama üstelik, parasız bile olsa kalmazdım, dışarı çıktım. Biraz sokaklarda yürüyerek başka otellere baktım. Bu otele gelen giden çok olduğu için, sabahın çok erken saatleri olmasına rağmen, her yer üç beş kuruş kazanabilmek için gelen işsiz Uygurlarla doluydu. Herkes bir şeyler satabilmenin telaşı içindeydi. Ekmek burada "Aslanın ağzında değildi, karnına inmişti."

Bir taksi durdurup, Uygurların işlettiği bir otele götürmesini rica ettim. Kısa bir süre sonra orta büyüklükte bir otelin önüne geldik. Taksici, "Burayı bizim Uygurlar bir yıl önce açtı, güzel bir yer." dedi. Sabahın erken saatleriydi, resepsiyondaki iki kadının gözlerinde gecenin yorgunluğu ve uykusu daha vardı. Selam verip pasaportumu bir kadına uzattım. Kadın mutlulukla ilk defa bir Türk pasaportunu görmenin sevinci ile bana bakarak, "Malesef boş odamız yok." "Ben Türkiye'den size misafir olarak geldim, ticaret için gelmedim." deyince, "Üç odalı büyük bir suitimiz var. Orayı size başka bir oda boşalıncaya kadar veriyoruz orada öğlen saatina kadar yatıp dinlenin sonra size tek yataklı bir oda vereceğiz hesap olarak kücük odayı ödersiniz." dediler.

Odama çıkıp öğlene kadar uyudum. Sonra bir genç gelip, beni kalacağım odaya götürdü. Şimdiye kadar gittiğim otellerde, en az iki günün yatak parasını depozit olarak almışlardı. Fakat bunlar benden ne depozit istediler, ne de peşin para. "İstediğiniz kadar kalın." dediler.

Dinlendikten sonra otelde çalışanlarla tanıştım. Hepsi benim diğer Asya Türkleri gibi ticarete değil, Uygurları tanımaya görmeye geldiğimi duyunca burada kaldığım süre içinde bana gösterdikleri sevgi ve hürmeti kelimelerle anlatmam mümkün değil. İlk günden itibaren Urumci Türklerinin diğer şehirlerde olduğu gibi çok korkmadıklarını ve daha serbest, fakat dikkatli konuştuklarına şahit oldum. Burada Uygurlar hakkında ilk günden itibaren epey bilgi topladım.

Büyük bir şehrin verdiği rahatlıkla bilgi almak bir şeyler öğrenmek daha kolaydı. 1954 yılına kadar ismi Dihaua olan şehrin ismini komünistler Urimci olarak değiştirmişler. Uygurlar bu isme tam alışıp benimsemeye başlamışken, şimdi de Wurumci'ye çevirmişler. Urimci'nin gelişmesi 1991 yılında Sovyetler Birliği'nin dağılmasıyla 1994 yılından sonra başlamıştır. Sovyetler dağılmadan önce Orta Asya ve Rusya'da Pazar payı bulamayan Çin için yeni büyük pazarlar doğmuştur. Fabrikaları kapanan eski Sovyetler Birliği cumhuriyetlerinden

63

gelen tüccarlar, ilk başta bavul ticareti ile Çin mallarını Doğu Türkistan üzerinden kendi pazarlarına götürüp satmaya başladılar. O tarihten sonra da Urumci hızla gelişmeye başladı. Çinliler bundan çok memnunlar çünkü Uygurlar tercümansız onlarla çok iyi anlaşıyor ve yardım ediyorlar.

Sayısız Çinli bu insanların sayesinde çok kısa sürede milyoner olmuştur. Bundan dolayı Urumci'deki Çin otellerinde çok sayıda Uygurlar çalışıyor. Orta Asya halklarını burada gören Uygurlar kendilerinin onlardan daha iyi yaşadıklarını düşünüyorlardı. Zamanla pasaport alan Türkler'de Orta Asya cumhuriyetlerini ziyaret etmeye başladılar; fakat onların kendilerinden çok daha iyi yaşadıklarını, ezilmediklerini, istedikleri her şeyi serbestçe söylediklerini gördüler. Öyle ki, 1991'den 2001'e kadar yalnız Kazakistan'a 100 bin den çok Doğu Türkistanlı göç etmiştir.

2001 yılında Amerika'daki ikiz kulelere yapılan saldırılardan sonra Çin, Amerika'yı örnek alarak dünyada sözde İslam terörüne karşı faaliyetlere başladı. 2002 yılında bütün Uygurların ve Türk milletlerinin yurt dışına çıkışları yasaklanarak, üstlerinde büyük baskı oluşturulup, hepsinin pasaportları toplandı. Yeni pasaport almak ancak kaçak yollardan mümkün ve çok pahalıdır. Eğer bütün zorluklara rağmen pasaport alıp yurtdışına çıkanlar varsa, dosyalarının çok temiz olması ve Çin Komünist Partisi'ne bağlarının bulunması gerekiyor. Hatta yurt içinde veya yurt dışında casusluk yapmak yolu ile, bu imkanı sağladığı için Komünist Parti'ye borçlarını ödemek zorundalar. Çin'in pasaport vermemesinin sebebi şudur: Yurt dışına giden Uygurlar tekrar geri dönmüyor ve Çin zulmünü gittikleri ülkelerde anlatarak, kendilerini destekleyecek lobi dernekleri kuruyorlar.

Burada da Küçe'de olduğu gibi bir rehber bulmaya karar verdim. Yalnız bir şey görmek ve öğrenmek oldukça zordur. Urimci'ye gelişimin ikinci günü, otelde çalışan genç bir hacı ile tanışmıştım. Bana bir rehber bulmasını rica ettim. Hacı, yabancılara alışverişlerinde yardım eden Zümrüt isminde bir Huyzu (Çinli Müslüman) kadının olduğunu anlattı ve dikkat çekmemem için bu kadını önerip kendisine telefon açtı. Bir iki saat sonra kısa boylu ön dişleri rast gele eğri kadın geldi. Kendisi İngilizce, Rusça biliyordu. Rusça burada lüks sayılıyor. Doğu Türkistan'da doğup büyüdüğü halde Uygurca bilmediğini iddia ediyordu aslında biliyor fakat yalan konuşuyordu veya Türk dilinde konuşmak istemiyordu. Kadın, o gün işinin olduğunu, hastaneye gitmesi gerektiğini anlattı. Akşam saatleri yaklaşmıştı, ben de bir Çin hastanesini içinden görmek istiyordum. Kendisi ile hastaneyi gelip görmek istediğimi söyledim, kabul etti.

Yolda Zümrüt bana, ablasının oğlunun hastanede olduğunu, Doğu Türkistan'da iyi bir hayat sürdüremediklerini, Kırgızistan'a göç ettiklerini anlattı. Şimdi Kırgız vatandaşlığına geçmişler. Fakat Urumci'ye devamlı mal almaya geliyor, aldıkları malları Bişkek pazarında satıyorlarmış. Bindiğimiz dolmuşta kadın yol boyu hastanenin ne kadar güzel olduğundan ballandırarak söz etti.

Nihayet hastaneye geldik. Hastane çok büyüktü, sözde buraya bütün Orta Asya'dan hastalar geliyormuş. Asansörle 11. kata çıktık. Bir odayı perde ile ikiye bölmüşler, bir tarafta iki yaşlı hasta iniltiler içinde yatıyordu, diğer tarafta altı yaşında olan oğlan çocuğunu ameliyat ediyorlardı. Çocuğun başına birkaç doktor ve hemşire toplanmıştı. Ameliyatı çocuğu bayıltmadan yapıyorlardı. Zavallının iniltisi dayanılır gibi

65

değildi. Odadan çıkarak koridorda iki saate yakın bekledim. Açık olan kapının önünde çocuğun iniltisi iyi duyuluyordu. Yavaş yavaş azalan inilti, iki saat sonra tamamen kesildi. Zümrüt, ağlayarak odadan dışarı çıktı.

"Balayı Huda apardı. (Yavruyu Allah götürdü)" dedi. Çocuk gözümüzün önünde ölüp gitmişti. Bu ülkeye geleli ilk defa bu kadar üzülmüştüm. Ben de ona bakarak göz yaşlarımı tutamadım. Bir ablası gelecek, çocuğun cenazesi ile ilgilenecekti. Ölen yavrucağın annesi Kırgızistan'daydı ve çocuğun durumunun ağır olduğundan habersizdi. Bütün Doğu Türkistan'da çocuk erken ölümleri çok yaygındır. Zümrüt bana geri dönmemi, sonra telefon açacağını söyledi. Onu hastahanede yalnız bırakarak bir taksiyle otelime döndüm.

Sabahleyin saat on sıralarında Zümrüt telefon açtı, birazdan kendisi de geldi, toparlanmıştı. Çocuktan hiç konuşmadık. Onun çalışması gerekiyordu, o yüzden çok sakindi. "Sizi Grant Bazar'a (Büyük pazar) götüreceğim." dedi.

Meydanın önünde durunca gördüğüm güzel manzara karşınında gerçekten aklım durdu. Büyük bir meydanda dört minareli sarı bakırlarla işlemeli şahane bir cami bulunuyor, meydanın hemen başında Özbekistan'ın Buhara şehrinde olan yüksek bir cami minaresinin kopyası vardı. Burayı görünce, bir rehberim olduğuna çok sevindim. Yüksekten resim çekmek istiyordum, içeri girdik. Hiç de ucuz olmayan iki bilet alıp yukarı çıktığımda şok oldum. Burası bir cami minaresi değil, Çay, Kahve, Bira satan bir kahvehaneydi. "Burası cami minaresi değil mi?" Zümrüt, başını sağa sola sallayarak, "Hayır, kahvehane" dedi. Büyük bir hayal kırıklığıyla aşağı indik. Resim de çekemedim, çünkü pencereler açılmıyordu.

Heyecanla yüz metre ileride olan camiyi görmeye gittik. Caminin yanında Türk bayrağı dahil, Uygurların bayrağı hariç, bütün Orta Asya devletlerinin bayrakları dalgalanıyordu. Caminin kapısında ikinci şoku yaşadım. Burası da cami değil, bir alışveriş pasajıydı, içeride çok sayıda küçük dükkân vardı. İpekler, hediyelik eşyalar satan dükkânların yanı sıra, altın gümüş satan kuyumcu dükkânları da sıra sıra dizilmişti. Uygurlar tekstil ürünlerini, altın ve değerli süs taşlarını Çinliler satıyordu. Yine aynı şaşkınlık içerisinde, "Burası cami değil mi?" " "Değil, bir pazardır." Orada olan bir Uygur'a, "Neden camiyi pazara çevirmişiniz?" Adamcağız, "Burası pazar olarak kuruldu. Üst katta bir mescit var." dedi. Arkadaki merdivenleri dolaşarak üst kata çıktım, içerisi küçük olmasına karşın gerçekten çok güzel yapılmıştı. Namaz zamanıydı, az sayıda Müslümanlar namaz kılıyorlardı.

Tekrar pazara geldik. Dükkânlarda satılan mallara bakarken, bir ipek kadın atkısı gözüme ilişti. Pazarlığını Zümrüt yaptı, parayı verdim. Satıcı Uygur kadın söylediğinden az fazla para aldı belki bozuğu yoktu hemen tartışmaya başladılar. Uygur kadın Zümrüt'e "Kafir" diye bağırdı. Araya ben girdim. "Bu kafir değil, Müslüman" dedim. Fakat Uygurlar, Çinli Müslümanları belki haklı olarak Çin casusu gibi görüyorlar. Dolayısıyla Müslümanlığı değil de Çinlilerle aynı dili konuşmaları ve onların yanlarında durmaları onu kafir yapıyordu. Buranın dışında daha birkaç kez Uygurlarla, Çinlilerin kavgasına şahit oldum. Uygurlar aşırı baskılardan dolayı birer barut fıçısı olmuşlar, tartışmaların ve kavgaların başlaması an meselesidir.

Dükkandan uzaklaştık. Zümrüt, Uygurların okuma yazma bilmediklerini, hepsinin cahil, işsiz ve fakir olduklarını kızarak anlattı. Kendisini zorla sakinleştirdim. Çinliler insanları kandırmayı ve aldatmayı burada çok iyi becermişler. Bu pazar sözde, Çinlilerin Uygurlara verdiği değeri gösteriyor. Burayı dolaşan Müslümanlara bu izlem veriliyor. Aksi halde bir alışveriş merkezi cami şeklinde kurulmazdı.

Şehir merkezi çok modern binalarla donatılmış, fakat Uygurlann yaşadıkları gecekondu tipi toprak evler yabancıların gözlerinden çok uzaktaki şehrin giriş mahallerinde kuruludur. Kışları aşırı soğuk geçen Urumci şehrindeki yıkılmaya yüz tutmuş bu evlerde, malesef yalnız Uygurlar yaşıyorlar.

Urumci oldukça canlı ve hareketli bir şehirdir. Yalnız Kazakistan'dan günde en az 10 otobüs dolusu yolcu, bavul ticareti için geliyor. Tren ve uçak seferleri ile yılda Urumçi'ye 3-4 milyona yakın Asya Türk`ü alışverişe geliyor. Şehir merkezinde yüzlerce küçük dükkanlara bölünen pasajları dolaştık. Hepsini Çinliler kendi aralarında paylaştırmışlar. Uygurlar şehre akan bavul ticaretinden neredeyse hiç yaralanamıyorlar. Hepsinin yaptığı çok küçük çaplı işlerden ibaret. Fakat çok olmasa da zenginliği yakalayan Uygurlar var. Zaten beş milyonluk şehirde 400 bin Uygur yaşıyor. Çin hükümeti her gün ortalama 150 Han Çinlisine ucuz krediler ve iş imkanları sağlayarak, bütün Doğu Türkistan şehirlerine göç ettiriyor. Bu, göçlerin hız kesmeden devam ediyor olmasının en önemli sebebi, bir Çinlinin diğer Çin bölgelerine göre bir Uygur'dan beş kat daha fazla para kazanmasıdır. Çinlilere sağlanan az vergi ödeme şartları Uygurları ezerken, Çinlileri kalkındırmaya devam ediyor.

Aşırı göç nüfus yapısı olarak Uygurların aleyhine değişmiş durumda. 1949 yılında 300 bin olan Mançur ve Çinli sayısı günümüzde 16 milyona ulaşmış, Uygurları öz ana vatanlarında azınlık durumuna düşürmeye doğru gidiyor. Öz vatanlarında ikinci sınıf insan muamelesi gören Uygurlar sırtlarını duvara dayamış, tutunacak bir dalları yok, var olma mücadelesi ile karşı karşıyalar.

Bir akşam vakti Zümrüt'le dolaşırken, bir sokaktan gece karanlığında binlerce insanın gürültüsünü duyunca gürültünün geldiği yöne doğru gittik. Gördüğüm manzara muhteşemdi. Caddede binlerce insan, yüzlerce masa ve binlerce sandalye vardı. Her yerde yanan ocakların alevleri gözüküyordu. Akşam dükkanlar kapandıktan sonra buraya seyyar restoranlar kuruluyordu. Kalabalığın içine karışmadan önce yüksek bir yerden resim çekmek istiyordum. Bir binanın 3. katında bulunan internet kafeye çıktık. Ben açık balkondan resim çekerken, Zümrüt de fırsatı değerlendirip, e-maillerini okumak istiyordu. Resim çekip dönerken bir de baktım, Çinli kadın Zümrüt'ün pasaportunu alıp numarasını yazıyordu. Elinden çekip aldım. "Biz sınırdan geçmiyoruz." dedim. İnternete giremedik. Bütün Doğu Türkistan'da her Han Çinlisi bir polis rolünü üstlenmiş.

Kurulan seyyar restoranlarda, Uygurlar önceden evlerinde pişirdikleri yemekleri getirip gece saat ikiye kadar satıyorlar. Aralarında dolaştık. Yol, uzunlamasına İkiye bölünmüş, bir tarafında Müslümanlar, diğer tarafta da Uygurların deyimi ile "kafirler" tezgahlarını kurmuşlardı. Müslüman tarafında tandırda pişirilen bütün kuzular, tavuklar, kelle paça, mantı çeşideri, balık ve sebze yemekleri satılıyordu. Bir masaya oturduk, çok sevdiğim "Çüçüre" (suda mantı) istedim. Bulaşık problemi olmaması için plastik torbaları taslara geçirip, içine yemeği koyuyorlar. Tabak boşalınca torbayı çıkartıp atıyorlar. Böylece bulaşık derdi çözülmüş oluyordu. Masada 15 dakika rahat oturmak mümkün değildi. Her dakikada bir, "taşı sıksa, suyunu çıkartacak" genç işsiz

Uygurlar mahcup bir şekilde ellerinde bir karpuz veya kavunu dilim dilim keserek, masaların arasında dolaşarak satmaya çalışıyorlardı. Bir dilim karpuz 1 köy (0,10 cent.) Sahipsiz sayısız yaşlı insanlar sokaklara atılmış, dilenerek geçiniyorlar. Bizim masayada elbette kavun karpuz satan gencler geldi Zümürt bir Uygur gence Çince bir şeyler söyleyip ona kızdı ağzını ekşitti. Ben elinden tuttum "adama bir şey söyleme" diye kızdım. Gençin hatırı kalmasın diye birer dilim aldım.

Yemekten kalktıktan sonra yol üzerinden gittik. Yollarda sayısız seyyar satıcı vardı. Mal satabilmek için ciğerleri yırtılasıya bağırıyorlardı. Fakat paralı bavul turistleri alışverişlerini gündüzleri yapıyorlar. Bu saatte ancak azınlık olan, kendi yurttaşları Uygurlara mallarını satabilmeleri mümkündü. Onlarda fazla para olmadığından en kalitesiz malları çok ucuza satıyorlardı.

Zümrüt'ü gönderip yalnız başıma gece epeyce dolaştım. Cadde kenarlarında evsiz, barksız, yorgansız, yastıksız yatan onlarca adam vardı. Şapkalarını yastık, ceketlerini yorgan, çimenleri döşek yapmış, yol kenarlarına uzanmışlardı.

Çinliler çarşının çok yakınında Rus devrimcisi Lenin'in bir heykelini kurmuşlar. Büyük Doğu Türkistan'da bir Rus'un heykelini kurmaya yer bulan Çin hükümeti, öyle bir sistem kurmuş ki, bir Uygur'un sıyrılıp öne çıkıp, halkını temsil etmesi mümkün değil. Uygurların lider diyeceği tek bir kişi bile yok. Yalnız Rabiye Kader isimli on bir çocuk annesi bir kadın azınlıklar temsilcisi olarak Çin kongresinde, Çinlilerin Doğu Türkistan'daki adaletsizliğinden söz etmesinden dolayı tanınmış ve 6 yıl hapis yattıktan sonra, Amerika'nın baskıları ile serbest bırakılmış ve belki ülkesini bir daha görmeyecek olarak yurt dışına iltica etmiştir. Çin'in ceza gerekçesi, Urimci şehrinde basılıp satılan bir gazeteyi Amerika'daki eşine göndermesidir. Çin Rabiye Kader'den intikam almak için iki oğluna da onar yıl hapis cezası vermiştir.

Çinlilerin kurduğu sistem çok kurnazca uygulanıyor. Eğer Uygurların lider diyeceği bir kişi halk arasından çıkarsa, Çinliler ona ilk başta bir makam verip, rahat ve güzel bir yaşam sağlıyorlar. Lider kişi yeni yaşantısına alıştıktan sonra, onu daha yüksek makamlara getiriyorlar. Böylece lider sıfatındaki kişi onların kontrolü dışına çıkamıyor ve halk arasında "satılık" damgası yiyerek gözden uzaklaşıyor. Rabiye Kader'in bütün Avrupa ülkelerinde Uygurların lideri olarak kabul edilmesi, komşu Orta Asyalı Türk yöneticilerin, kendisini Uygurların temsilcisi olarak kabul etmeyeceği kesindir.

1996 yılında Ruslar, Çeçenistan meselesini öne sürerek, Çinlilerle sözde "İslami teröre karşı" işbirliği içerisinde yaptıkları Şanghay antlaşmasına, başka 6 orta Asya Ülkesini de yanlarına alarak bir ittifak kurdular. Bu ülkelerin hiç birinde ne insan hakları, nede demokrasi pek önem taşımıyor. Yapılan antaşmaya göre, eğer bir Uygur bu ülkelerin birisine iltica edecek veya sığınacak olursa, yakalanarak Çine teslim ediliyor. Kanada vatandaşlığına geçmiş olan Hüseyin Celil isimli bir genç de bu uygulamadan nasibini almış, Özbekistan'a yaptığı bir ziyaret sırasında tutuklanarak Çine teslim edilmiştir. Kanada' nın tüm itirazları bugüne kadar sonuçsuz kalmıştır.

Uygurların başka bir şanssızlığı, kendilerini temsil eden bir liderlerinin bulunmamasının yanı sıra, yurt dışında lobileri de yok. Örneğin, dünyanın 64 ülkesinde hatta Arnavutluk ve Kolombiya gibi ülkelerde lobisi olan Tibetliler gibi onlara kol kanat geren sivil örgüt kuruluşları, Uygurları temsil etmiyor. Durum böyle olunca sahipsiz halk üstündeki baskılar devamlı artıyor. 2002 yılında camilerden sesli ezan okunmasının yasaklanmasının yanı sıra, konuşma ve düşünce hakkı da tam anlamda halkın elinden alınmıştır. Camilerin namaz vakti dışında açık olması mümkün değil. Bununla beraber, on sekiz yaşından küçüklerin, devlet memurlarının, emekli devlet memurlarının ve kadınların camilere girmesi, 20 kişiden fazla insanın bir araya gelmesi de yasaklanmıştır. Cenaze törenleri, evlerde mevlit okutmak gibi doğal hakları Uygurların elinden alınmıştır. Doğu Türkistan "otonomiye" veya "özereklik" haklarına sahip olduğu halde bütün şehirlerde belediye başkanlarını Çinliler oluşturuyor. "Özereklik hakkı" Uygurların yalnız kendi dillerini konuşma özgürlüğü ve Çin'de bir çocuk yapmaya izin verilirken, Uygurların iki çocuk yapmasına müsaade etmesiyle sınırlı kalıyor. Aynı zamanda bütün Çin'de aynı saat vakti kullanılırken, Doğu Türkistan kendi saat vaktini kullanabiliyor. Bunun dışında "özereklik hakları" yalnız kağıt üzerinde kalan bir kelimenin dışına çıkmıyor. 2002 yılına kadar ilk okullarda Uygurca verilen dersler de yasaklanmıştır.

Gece saat üçte otele geldim. Otelin Uygur bekçisi kapının önünde oturmuş, sıcak suya ekmek bandırıp yiyordu. Bana da ikram etti. Oturup biraz sohbet ettik. Korla'dan çalışmak için Urumci'ye geldiğini, sevdiği kızın resmini çıkartıp göstererek onu çok sevdiğini anlattı. Fakat kız kendisini terk etmiş. Anlatırken gözleri doldu. O sırada üç Çinli polisin devriye gezerek bize doğru geldiğini gördük. Beni hemen odama yolladı, çünkü her ikimiz için de korkmuştu.

Şehri dolaşırken, çok sayıda ayakkabı boyacılığı yapan çocuklara rastladım. Bir gün yolda yürürken, 10-12 yaşlarında bir çocuk ayakkabılarımı boyamak için çok ısrar etti.

Dayanamadım, kabul ettim. Bir çift ayakkabının boyanması 1 köydü. Küçük bir iskemleye oturdum. 8 yaşlarında bir çocuk daha geldi, her biri bir ayakkabımı boyamaya başladılar. Ne olduğunu sormadan, kardeş olduklarını söylediler. Yanlarına bir küçük çocuk daha geldi. Bana, "Aka (ağabey), siz 2 köy verin" dedi. Bana nereli olduğumu sordular. "Türk'üm" Fakat onlar Türkiye'yi tanımıyorlardı. "Türkistanlı mısınız?" "Evet, Türkistanlıyım." Çocuklar Türkistan ismini duymuş olmasına rağmen ne olduğunu bilmiyorlardı. Çocukların işi bitince, onlara 100 köy verdim ve mahcup etmemek için, yüzlerine bakmadan hızlı hızlı yoluma devam ettim. Herhalde Türklerin hepsi milyonerdir, diye bütün arkadaşlarına, ailelerine anlatmışlardır. Çin'in Şanghay şehrine yaptığım ilk iki seferde ayakkabı boyayan çocuklara hiç rastlamadım. Bu çocuklar Çinli değil, Uygur'du, çalışabiliyorlardı.

Günlerden Cuma'ydı. Zümrüt ile Urumcili Müslüman Çin-lilerin 120 yıl evvel kurdukları camiye gittik. Tek katlı küçük caminin mimarisi Çin tarzında yapılmıştı. Önündeki geniş avluda namaza gelen erkeklerin hanımları da gelip oturuyorlardı. Zümrüt'ün kendisi de Dungan olduğu için beni oradaki Müslümanlarla tanıştırdı. Bana çok yakınlık gösterdiler. Ben ise önceden adını duyduğum ve görmek istediğim yeni Tatar Camisine gitmek istiyordum. Bir resim çekip sonra cuma namazına duracaktım, insanlar dört bir yan-dan akın akın camiye geliyorlardı.

600 yıllık Yeni Tatar Caminin önce içi doldu, sonra avlusu, Müslümanlar daha sonra getirdikleri secdeleri caminin dışına serdiler. Her yer insan dolmuş, boş yer kalmamıştı. Camiler yeterli gelmediği halde, yenileri inşa edilemiyor. Camilerin dolup taştığını bilen sayısız seyyar satıcılar, kapıların girişinde ellerindeki namazlıkları, "Beş köy, beş köy" diye

73

durmadan bağırıp peynir, ekmek gibi çok sayıda satıyorlardı. Camide yer bulamayan Müslümanlar çaresizlikten bir seccade alıp yol kenarlarındaki arabaların arasında namazlarını kıldılar.

O akşam kaldığım otelin alt katındaki restorana gittim. Fazla müşteri yoktu. Yalnız başıma otururken yanıma otuz beş yaşlarında bir adam geldi. Kendisini tanıştırırken, burada bir Türk'ün olduğunu duyduğunu anlattı, benimle tanışmak istiyordu. Kendisinin Özbekistan'daki Türk lisesinde okuduğunu söyledi. Liseden mezun olduğu sene ülkedeki Türk liselerinin tamamı kapatılmış. Biz sohbet ederken yanımıza bir adam daha geldi. "Bu benim Uygur dostum, kendisinin nakliye şirketi var." diye onu tanıştırdıktan sonra, Özbekistan hakkında konuşmaya devam etti. Biz değişik konulardan rahatça konuşurken, Uygur hem bizi dinliyor hem de çevrede onu tanıyanlara ve orada çalışan işçilere, böbürlenerek hava atıyordu. Özbek kişi, bir yıl önce otelin açıldığı zaman tesadüf sonucu burada bulunmuş ve otelin sahibinden restoranı kiralamış. Fakat şimdi bir problemi varmış, benden yardım istiyordu. Anlatmaya başladı: "Ben burayı kiralarken, satmak için bir küçük kamyon içki getirdim. Fakat otelin sahibi ve hanımı hacı, şimdi bana içki sattırmıyorlar. Hacının hanımı günde üç defa gelip burayı kontrol ediyor. Buranın müşterileri Kazaklar ve Ruslar, içki olmadığı için onlar da gelmiyor. Restoranımın en iyi müşterisi benim. Benim için siz hacı ile konuşur musunuz? İçki satmanın dinimizde yeri nedir?" "Eğer hacı burayı sana kiraya verdiyse, sattığın malların günahı senindir. Çünkü hacı burayı sana işletmek için vermiş, kirasını alıyor." dedim.

Sözlerim sanki yüreğine su serpmişti, neşesi yerine geldi. Fakat bunu hacıya kim anlatacaktı? "Hacı gelirse ben konuşurum. Benim için bir mahsuru yok." dedim. Sohbetimize karışan Uygur, "Siz ne için Sincan'a geldiniz?" diye sordu. "Ben seyyahım, dolaşıyorum." Bu adamlar zevk için gezmeyi öğrenmemişler, dolayısıyla sözlerim ona yalan gibi geliyordu. "Biz Uygurlarda bir söz var, Önce hedef, sonra nişan, sizin nişanınız nedir?" Ben, "O söz bizde de var. Sana nasıl cevap bulayım." dedim. Adam benim Özbekle rahat konuşmamızdan korkmuştu, küçük bir zenginliğe kavuşmuştu ve bu zenginliğin elinden gidebileceğinin endişesi vardı. Birazdan vedalaşmadan kayıp oldu. Özbeği de o akşamdan sonra maalesef, bir daha görmedim."

Şehrin biraz dışında uzaktan büyük bir dönme dolap gözüküyordu, Zümrüt'le oraya gittik. Burası aslında dağın eteklerine yapılmış bir belediye parkıydı. Fakat para almadan içeri sokmuyorlar. İçeri girdikten sonra her şeye ayrı para alıyorlar. Yerin altında bir korku tüneline girdik. O kadar basit ve çocuksu yapmışlar ki, korkmak yerine insanın gülesi geliyor. Parkta yabancı dillerde Çin'i tanıtan bezlere yazılar yazıp, çerçeveleyip asmışlar. Yazının biri Almancaydı ve üstünde "D" harfini yazmayı unutmuşlardı. Kalemimi çıkartıp eksik olan yere bir "D" harfi yazdım. Zümrüt'ün korkudan aklı gitti, çünkü devletin malına el sürmüş ve hatta üstüne bir şey yazmıştım.

Bir gün sonra Zümrütle yine buluştuk. Yeni Tatar Camisi'ni tekrar görmek istiyordum. Avluda durup camiyi incelerken yanımıza iki Uygur yaklaştı. Biri nereden geldiğimi sorunca, "Türk'üm, fakat Almanya'da yaşıyorum." Uygur'un biri, "Almanya'nın Münih şehrinde olan Uygur Bilgi Merkezini tanıyor musunuz?" "Evet internetten tanıyorum." Yanındaki adam bana soru soranın sırtına bir ağır yumruk indirip, "Sen bu adamla böyle şeyleri niye konuşuyorsun?" diyerek ona kızdı, ikisi de sustular. Sonra yumruk vuran adam bana dönerek, "Biz bir şey sormadık, siz de bir şey duymadınız." (Uygur Bilgi

75

Merkezi, Almanya'ya göç eden Uygurların kurduğu ve Doğu Türkistan'da Uygurların yaşadığı sorunları dünyaya duyuran bir haber ajansıdır. Çin devleti bu haber ajansına Çin'i bölme faliyetleri izlediği için savaş açmış durumadır). Camiye yakın bir meydana Nasrettin hocanın heykelini dikmişler, Uygurlar "Efendi" diyor. Kendi kültürlerine benzetmek için eşeğin sırtındaki hocanın eline bir su kabağı yerleştirmişler.

Çinliler, başlattıkları "kültür devrimi" sırasında 1966-1976 yılları arasında, Uygurların tarihini ve kültürünü yakıp, yıkarak yok ettiler. Bu yıllar arasında Türkçe'den, Uygurcaya çevrilen nadide kitaplar bir bayram havasında yakılıp küle dönüştürüldü. Yeniden bir, iki heykelin kurulması yalnız göz boyamak amaçlıdır. Aynı meydanda sözde tabii ilaçlar satan bir seyyar satıcı ilgimi çekti. Ağzına aldığı mikrofonla her derde deva ilaçlarını anlatıyordu. Adam bir tezgâhın üstüne yığdığı ilaçların üstüne birkaç canlı yılan ve kertenkele koymuş, böylece ilgi çekiyordu.

Karnımız acıkmıştı, büyük pazara yakın güzel bahçeli bir restorana yemek yemeye gittik. Önceden hiç yemediğim bir yemekten sipariş verdim. Bir kaşık aldım, tadı hoşuma gitmedi, bıraktım. Yerine etli pilav istedim. O sıra yaşlı, üstü başı dökülen bir Uygur yanıma geldi. "Bu yemeği yemiyorsan, yiyebilir miyim?" diye sordu. Ayağa kalkıp yanımıza oturması için yer verdim. Perişan haline utandığından yanıma oturmadan, yan taraftaki boş masaya geçti. Adam gerçekten açtı, büyük tabaktaki sulu yemeği başına kaldırıp, bir seferde içip bitirdi. "Size bir yemek daha söyleyeyim." "Yeter" dedi. Kuçar ve Urimci`de çok gördüm. Uygurlar kendi dilencilerine hep para verip onlara tepki göstermiyorlar. Yaşlı insanların arasındaki yoksuluğa kendileri de üzülüyor ve bunların aslında para toplamak için dilenmediklerinin farkındalar. Kuçar`da bir dilenci gittiğim bankaya gelmişti kapıdaki Uygur bekçi ona yardım edip paralarını düzeltip bankada değiştirip geri verdi.

Zümrüt'den o gün rehberlik ücretini verip ayrıldım. Bana bütün pazarları ve görülecek yerleri göstermişti. Zaten her gittiğimiz yerde Uygurların fakirliği ve Çinlilerin zenginliğinden başka görülecek bir şey yoktu. Bunun yanı sıra, yanımda bir Çinli gören Uygurlar korktukları için, benimle tek kelime bile konuşmuyorlardı. Konuşsalar bile gözleri şüphe dolu bakıyorlardı diğer taraftan Çinliler beni onun sayesinde rahat bırakıyordu.

Urumci'de unutamayacağım anılar arasında şu da var. Bir takside giderken, şoför bir elimdeki fotoğraf makinesine, bir de bana bakarak, "Bizim Uygurlarda hiç insaf yok." dedi. (Uygurlar arasındaki fakirlik ve işsizlikten bahsediyor, benden medet umuyordu.) Bu sefer ben Uygurlardan duyduğum sözü adama tekrarladım. "Uygurlarda insaf var, lâkin emelleri yok." Bu sözlerim şoförün hoşuna gitmişti, tatlıca gülümsedi. Bir seferinde bir dükkânın önünden geçerken bir Uygur bana bakıp, "Siz Çeçen misiniz?" diye sordu. Çeçen olmadığım halde kolumla bir tüfek işareti yaparak, "Evet, Çeçen'im." dedim. Adam gülümseyerek, mutluluk içinde Huyzu diye tanıştırdığı, yanındaki bir adama Çeçenleri anlattı. İkisi de bana hayranlıkla bakıyorlardı. Yemeğe davet ettiler, teşekkür ettim. Bu insanlar elbette, Çeçenlerin özgülük adına yaptıkları mücadeleyi duymuşlardı ve kalplerinde aynı mücadele ruhu vardı.

Bir defa da bir süper marketin önünden geçerken, marketin ismine bakıp şaşırdım: "Atatürk, İstanbul Süper Market" Hemen dükkana girdim, sahibi yok, kızları vardı. Babalarının burada olmadığını, eğer olsaydı çok memnun olacağını belirtiler. Babalarına selamımı söylemelerini rica ettim. Türkiye hayranlığını her yerde görmek mümkün.

Sokaklarda dolaşırken, Çin'in Şanghay şehrinde gördüğüm iki eli bileklerinden kesilmiş bir Çinli kadın dilenciyi burada da gördüm. Çinliler ona Müslüman süsü verip, şehirde çok sayıda olan Müslümanların duygularını sömürmek için başına bir başörtüsü bağlayıp, yolun ortasına oturtturmuşlar. Çinliler bir yere göç ederken, dilencilerini ve fahişelerini de yanlarında götürüyorlar. On güne yakın kaldığım Urumci'de otelimin yakınındaki esnaflarla dost oldum. Akşamları yanlarına gidip oturuyor, sohbet ediyordum. Esnafların biriyle birçok konularda iyi sohbet ediyorduk.

Bir akşam oturup çay içerken, sokakları süpüren çok zayıf, utangaç gözleri hariç bütün yüzü kapalı bir Uygur kadınla sohbet etti. Kadın gittikten sonra, bana Urumci sokaklarını gece gündüz süpürüp temizleyen kadınların hepsinin Uygur milletine mensup olduğunu, içlerinde bir Çinlinin bile bulunmadığını, bu kadınların da utandıklarından yüzlerini iyice kapattıklarını ayda 300 köye (30 Euro) çalıştıklarını anlattı. Benim kaldığım otelin geceliği 25 Euro idi o kadar az bir paraya çalışıyorlar. "Önceleri onlar bizim sokakları süpürüyordu, şimdi biz süpürüyoruz." diye hayıflandı.

Urimci'den ayrılacağım zaman, dost olduğum insanlarla tek tek vedalaştım. İçlerinden biri yumruk büyüklüğünde bir yade taşı çıkartıp hediye ettiğinde çok duygulandım. Bir gazete röportajı yerine, bu kitabı yazmama ismini bile bilmediğim bu adam vesile oldu. O taşın benim için hiç bir maddi değeri yoktu yanlızca manevi değeri vardı.

Sabahın erken saatleriydi. Tanıştığım Turfanlı esnaflardan biri beni yolcu etmek için otelime gelip çağırdı. Yürüyerek anayola kadar gidip bir taksiye binecektim. İki yüz metre kadar gitmiştik arkamdan bir adam koşarak geldi ve pasaportumu uzattı. " Otelde unutmuşsunuz." Tanrı bu sefer de yardımcım olmuştu. Yollarda pasaportumu üç kez yitirdim ve yeniden buldum.

Turfan'a Yolculuk

Turfan, Urumci'ye taksi ile dört saatlik bir yol. Taksiye dört kişi bindik. Bereket versin, yanımda oturan Enver isimli 45 yaşındaki kişi bilgili, aydın bir memurdu. Enver Bey beni arabaya binmeden gördüğünü söyledi. Burada da ben farkında olmadan başkaları tarafından gözetleniyordum. Enver Bey, benim medeniyet ve kültür merakımdan buralara kadar geldiğime elinde olmadan imrendi. Çünkü kendisinin de en büyük hayalinin Moskova'daki Kızıl Meydan'ı görmek olduğunu anlattı, fakat hükümet ona pasaport vermiyor.

Yolları ve çölleri izleyerek yolumuza devam ettik. Yol boyu çok güzel sohbet ettik. Çinli taksi şoförü nasıl anlaştığımızı sordu. Enver Bey, büyük bir gururla, "Türklerin dili Uygurcadır." dedi. Çinli şaşırdı, çünkü Çinliler Uygurları küçümseyip, hor görüyorlar. Buna Çin içlerinde önceleri de şahit oldum. Çinlilerin bazıları iyi Uygurca öğrenmiş konuşuyor, bazıları anladığı halde konuşmuyor. Turfan'a giden yol çöllerden ibaret, yeşillik namına hiç bir şey yoktu. Yol boyu yüzlerce elektrik enerjisi üreten tribünler kurulmuş. Anayola yakın bir köyden ise tuz çıkartıyorlar.

Çinliler, Doğu Türkistan'ın çöllerini de kendi çıkarları için geçmişte çok iyi değerlendirdiler. 1964 yılından 1990 yılına kadar bilinen 33 yer üstü atom denemesi yapıldı. Çin'in kendi bölgelerinde de çöller var. Fakat Uygurların hayatı Çin için önemli değildi. Denemeler burada yapıldı. Yüz binlerce Doğu

Türk'ü atom denemeleri sonucu, yakalandıkları hastalıklar sonucu hayatlarını kayıp ettiler. Turfan vadisine gelince, artık arabada klima olmasına rağmen sıcaklığı hissediyorduk. İkimiz arada bir sigara yakıyorduk, camı az aralayınca içerisi hemen fırın gibi ısınıyordu. Turfana gelmeden Enver Bey, bana telefon numarasını verdi, "Bir şeye ihtiyacınız olursa çekinmeden arayın." dedi.

Turfan

Dünyanın en sıcak bölgelerinden biri sayılan Turfan vadisinde yaşayan Türklerin bu bölgede kalıp, terk etmemelerinin tek sebebi, aşırı verimli ve bereketli topraklara sahip olmasıdır. Dünyanın en tatlı üzümleri, kavunları burada yetişiyor.

Turfan'ın dünya tarihine geçen bir başka özelliği, Cengiz Han'ın (1162-1227) kurduğu büyük Moğol İmparatorluğu'na klasik yazıyı Tufanlı Uygurlar öğretmişlerdir. 1208 yılında Cengiz Han'ın askerlerine esir düşen Tufanlı Uygur yazar Tata-Tonga'ya Cengiz Han, Moğollar için bir yazı dili geliştirmesi görevini verir. Tatar-Tonga Uygur alfabesine biraz değişiklikler yaparak, Moğolların diline uygun bir yazı geliştirir. Bu yazı şekli günümüze kadar çok az bir değişiklikle Moğolistan'da ve Çin'in 1928 yılında işgal ettiği Moğolistan'ın bir kısmı olan, İç Moğolistan kesiminde de kullanılıyor.

Uygurlar Moğollara yazı yazmayı öğretmekle kalmamış, onlar aynı zamanda Almanlardan ve diğer milletlerden ilk önce tahta kalıplara kabartma harfleri işleyerek, kağıda toplu baskı yaparak dünyaya ilk matbaa tekniğini getiren millettir. Alman araştırmacıları Turfan'da 1904 yılında eski Gök Türk veya diğer adıyla Orhun albafesiyle yazılmış çok sayıda Mani inançı hakkında el yazmaları buluyorlar. Bu el yazmaları bugün Almanya`da Berlin müzesindedir. Uygurlar İslam dinine geçmeden önce Mani ve Budizimi denemişler fakat onlara uygun gelmediği için Müslüman oluyorlar yeni dinleri ile birlikte eski Türk harflerini de terk edip Arapça harfler kullanıyorlar. Bugüne kadar bir kaç değişiklikle bu yazı şekilini devam ettiriyorlar.

Turfan'a gelince şoför beni yolun ortasına bırakıp gitmeden, bir otelin önünde indirdi. Otelin fiyatı çok fazlaydı ve çevrede hiçbir Uygur gözükmüyordu. Burada şimdilik yalnızdım. Fakat bu sıcaklıkta uygun yeni bir otel arayacak gücüm yoktu, kalmaya karar verdim.

Otelde biraz dinlendikten sonra dışarı çıktım. Merakım odam da rahat bırakmadı. Dışarıda anlatılması imkansız bir sıcaklık vardı. Turfan deniz seviyesinin 154 metre altında yerleşik susuz bir şehirdir. Güneş insanı acımasızca yakıyor. Üzüm bağları ile kaplı çok güzel yaya yollarda şehir merkezine doğru yürüdüm. Güneşten korunmak için bir şapka almaya karar verip rastgele bir dükkana girdim. Dükkanda iki Uygur kızı çalışıyordu. Yüksek raflardan bir sopayla şapkaları aşağı indirdiler Tozlu şapkaların yıllardır müşteri bekliyor bir hali vardı. Birini dizime vurarak tozunu çırpıp başıma taktım. Diğeri için, "Bu çok çirkin, bana güzeli yakışır." diye şakalaştım. Kızlar, yabancı birinin kendi dillerinde konuştuğuna şaşırıp, kıkır kıkır gülüşerek, şapkayı çok uygun fiyata verdiler.

Çarşıya doğru yürürken bir düğün alayına rastladım. Önde üstü açık bir kamyonette davul zurna çalınıyordu, arkada ise gelin arabası ve davetliler konvoy halinde korna çalmadan, gürültü yapmadan gidiyorlardı. Durup, onları biraz izledim.

Bu çiftin bu şekilde düğün yapabilmesine sevinmeleri gerekirdi. Çünkü, Çinli belediye başkanları kendi emirleri ile bazen yüz çiftin resmi nikahını aynı anda kıldırıyor. Çin'de moda olan bu adeti Çinliler, Uygurlara zorla kabul ettirmeğe uğraşıyorlar. Oysa düğün Türk milletleri ve bütün diğer halklar için en önemli günlerden biridir. Herkes kendi arzuları doğrultusunda bu günü düzenlemek ister. Bu evlenen kızın başka bir bahtı daha vardı. Çin hükümetinin zoru ile, çalıştırılmak için götürülmemişti.

Çin hükümetinin verdiği bir emirle, bazen her köy, kasaba ve şehirlerden yüzlerce, binlerce genç kız toplanarak, Çin şehirlerine dağıtılıyor. Bu kızlardan başaranlar olursa bir yolunu bulup geri geliyorlar, Bir kısmı da oralarda sefil olup kötü yola düşüyorlar. Burada birkaç amaç var. Birincisi: Evlenmeye kız bulamayan Uygurlar, Çinli kızlarla evlensin. İkincisi: Burada Uygurların nüfusu doğum olmayınca gittikçe eriyip yok olsun. Üçüncüsü: Çin içlerindeki fabrikalarda karın tokluğuna çalışan insanlar olsun. Bunun yanı sıra Uygurların belirttiğine göre kızların çoğu gece kulüplerine satılıyor. Bu kızların yaşları 16-25 arasında oluyor ve çocuksuz olmaları gerekiyor. Eğer Çin devletinin belirttiği gibi bu genç kızlara iş vermek için götürülüyorsalar, neden 30 yaşını geçen paraya daha çok ihtiyacı olan kadınlar götürülmüyor? Urimçi'de yayımlanan 'iktisat' gazetesinin verdiği rakamlara göre, 2006 yılında 105 bin genç kız toplanıp götürülürken bu rakam 2007 yılının ilk üç ayında 100 bine ulaşmıştır.

Uzaktan bir Uygur pazarı gözüktü. Diğer şehirlerde gördüğüm pazarların kopyasıydı. Pazarın hemen girişinde, eski kılıç ve bıçakların satıldığı bir dükkana girdim, yaşlı bir kadın, "Nereden geldiniz?" diye sordu. "Türkiye'den" deyince heyecanlı bir şekilde beni bir iskemleye oturttu. Hemen çay getirip, "Bekleyin" dedi.

Birazdan eşi geldi. Adama benim Türkiye'den geldiğimi söyledi. Yaşlı adam o kadar heyecanlandı ki, gözleri yaşardı, "Çok güzel" dedi. Eğilip elini öptüm, bana mutulukla bakıyordu. Bir çay da o aldıktan sonra anlatmaya başladı: "İsmim Abdulhalim, 62 yaşındayım. Ben aslen Kaşgar'lıyım, hanımım Turfanlı, evlenince buraya göç ettim. 1992 senesinde Kazakistan üzerinden hacca gittim. Mekke'de Türkiyeli hacılar ile tanıştım, biraz sizin Türkçeden öğrendim."

Yaşlı adam, Hicaz'da tanıştığı Türklerden gördüğü dostluğa öyle hayran kalmış, meğer hacdan döndükten sonra ilk gördüğü Türk bendim. Bana öyle hasret, sevgi ve özlem dolu bakıyordu ki, sanki yıllardır kayıp olan oğlu aniden karşısına çıkıp gelmişti. Bu adamın duygularını anlatmak yetmez, o anı görmek gerekirdi. Biraz sohbet ettikten sonra, "Yarın sizi evime, yemeğe davet etmek istiyorum, fakat bilmiyorum bana bir şey yaparlar mı?" diye sordu. Çünkü polislerden korkuyordu. "Kimsenin size bir şey yapmaya hakkı yok, fakat gerekmez. Çayınızı içtim, sağ olun, Allah razı olsun." dedim. Otelimi sordu, otelin kartvizitini verdim. "Ben Çince bilmiyorum hanımım biraz anlıyor." diyerek kartı ona uzattı. "Otelde zaten Uygurlar yok, orada yalnızım, yeni bir yer bulmam gerek." Abdulhalim Bey, "Bizim Uygurların da küçük otelleri olmalı, ben bir öğreneyim." dedi. Adamın Çince bilmediğine, hanımının da az bildiğine aslında şaşırdım. O güne kadar bütün Uygurların Çince bildiğini düşünüyordum.

Abdulhalim amcayı daha fazla meşgul etmeden, başka şeyler görmek istiyordum. Ayrılmak için ayağa kalkıp tekrar elini öptüm. Yanına tekrar gelmem için benden söz aldı. Biraz yürüdüm. Pazar yeri çok ufaktı. Bir köşede balık satan birkaç Çinli kadın vardı. Çardakların verdiği gölgenin altında pazar yerini dolaşırken, yan yana dizili birkaç aşhanenin birine girdim, içerisi durulmayacak kadar sıcaktı. Burada oturan yaşlı Uygurların hemen hepsi beyaz elbiseli ve çok uzun beyaz sakallıydı. Sanki hepsinin yüzünde nur vardı.

Garsonun gelmesini beklerken, ter ayakkabılarımın içine kadar aktı, kalkıp dışarı çıktım. Hemen yanında oradan daha küçük bir aşhanede bir vantilatör çalışıyordu. Biraz serin olacağını düşünerek oraya girdim, gerçekten de öyleydi. Bir masaya oturdum. İkisi de çok şık ve güzel giyinmiş, makyajları Avrupa tipinde iki genç kadın yemek yiyordu. Bana ne tavsiye edebileceklerini sordum. Böyle ilginç soruya şaşırıp baktılar, sohbet etmeye başladık. Çok uzaklardan geldiğimi öğrenince merakları biraz daha arttı. Benim bozuk Uygurcama gülümsüyorlardı. Bu şehirde de bir rehber bulmamın gerektiğini düşündüm. Yalnız bir yeri görmek hem zor, hem can sıkıcıydı. Kadınlara, "Burada bir rehber bulabilir miyim?" diye sordum. "Bulabilirsiniz." dediler. Nereden bulacağımı sorduğumda, "Burada, bizi rehber olarak kabul ederseniz, biz size şehri gezdiririz. Ücret olarak da, gönlünüzden ne geçerse o kadar verirsiniz." dediler.

Ben aslında bayanların bana gerçeği mi söylediklerini veya şaka mı yaptıklarını tam anlayamadığım için emin değildim. Bayanlar yemeklerini bitirip gitmek için kalktıkları zaman ben henüz oturuyordum. Bana, "Gelin, gelin" diye elleriyle işaret ettiler. Kalkıp onlarla dışarı çıktım. Hangi otelde kaldığımı sordular, kartı verdim. Yalnız biri Çince biliyordu. "Bu havada şehirde dolaşmak mümkün değil, kendiniz sokakları görüyorsunuz, her taraf bomboş, insanlar burada ya sabahları veya akşamları sokağa çıkıyorlar. Biz şimdi sizi otelinize bırakalım, yarın sabah erkenden gelir sizi alır, şehri gezdiririz." dediler. "Bu sıcaklara insanlar nasıl dayanıyor?" diye sordum. Bayanlar, tek katlı evi olanların aşırı sıcaklardan korunmak için evlerine bodrum katı yaptığını, sıcak yaz aylarında bodrumlarda yaşadığını anlattı. Bazı şehir evlerinde ve dükkanlarda klimalar var, yoksa vallahi, insanlar böyle sıcaklarda ölür gider.

Bayanlarla beraber otele gittik. Kaşgar'da siyah çaya hasret kaldığım için Küçe'den bir paket siyah çay, şeker, bir de küçük çaydanlık almıştım. Her Çin otelinde sıcak su kaynatmak için elektrikli çaydanlıklar var. Üç çay yaptım ve bayanlara ikram ettim. Ömürlerinde ilk defa şekerli siyah çay içiyorlardı. Büyük saray gibi odada oturup sohbet ettik. Bu kadınlar hiç çekinmeden bana hayatlarını anlattılar.

İsmi Akide olanı, bir büroda ayda 800 köye çalışıyormuş. Bir buçuk yıl önce nişanlısı bir trafik kazasında ölmüş. Akide, "O gündür, bu gündür her gün ağlıyorum. Beni büyüten aile, asıl ailem değil. Ben küçükken, beni bu aileye vermişler. Anne-babamı hiç görmedim. Bu kadar dert, yetmezken beni büyüten anne-babamın büyük oğlunu Çinliler hapse attı, bir yıldır görmedik. Şimdi kâfirlerin yurdunda bir zindandadır." Üzüntü içinde anlatmaya devam etti. "Ağabeyim beş vakit namazını kılıyordu. Kim bilir şimdi ne haldedir? Hiç hayatımda gülmedim. Hep dert üstüne dert geldi" dedi.

Akide'nin cesaretli sözleri karşısında donup kaldım. Çünkü Uygurlar korkudan asıl Çin sınırı ve Uygur sınırını açıkça ayırmıyorlar. Hele bir yabancının yanında asla! Akide gerçek bir Türk kızıydı ve ülkesini Çinlilere teslim etmemişti. Erkeklerin korku ve baskı altında olduğu toplumlarda, analar birer "Cihangir" olup ortaya çıkar. Akida istemeden böyle bir role itilmişti. Patigül isimli olan kadın da kocasının kendisini uyuşturucu kullandığı için 6 ay önce terk edip gittiğini, iki çocuğu olduğunu anlattı. Bayanların ikisi de açık yürekliydi. Üstelik, bütün kadınlarda olan her şeyi rahat konuşma özelliği de vardı. Benim anlatacak fazla bir şeyim yoktu. Akida giderken, "Siz bizim yurdumuza misafir olarak geldiniz. Elbette biz sizi koruyacağız. Eğer biz sizin yurdunuza gelirsek siz de bizi korurdunuz." dedi.

Böyle dostça ve güzel sözler karşısında ne diyeceğimi bilemeden onlara hayranlıkla baktım. Kapıdan çıkarken, akşama kadar odadan çıkmamamı, klimayı açmamı önerdiler. Bu sıcaklarda hasta olmamdan korkuyorlardı. Yarın erkenden bana şehri gezdireceklerdi.

Akşama kadar odada oturup Uygur televizyonlarını seyrettim. Televizyonda uyuşturucu kullananlarla ilgili bir program vardı. Program montajında yüzleri tanınmaz hale getirilen Uygurlar, nasıl uyuşturucu kullanmaya başladıklarını ve içinde bulundukları problemleri anlatıyorlardı. Programdan canım sıkıldı, üstelik karnım da acıkmıştı. Karanlık çöktükten sonra dışarı yürüyüşe çıktım. Otelin karşısındaki yolda, sokak lambasının dibinde bir seyyar Uygur aşhanesi gördüm. Birkaç Uygur genci gitar çalıp sohbet ediyordu. Yanlarına gidip boş bir masaya oturdum. Benim yalnız oturduğumu görünce yanlarına davet ettiler. Hepsi ile tek tek tanıştım.

Gençler düğünlerde, müzikli restoranlarda saz ve gitar çalıp müzik yaptıklarını anlattılar. Onlara Almanya'dan buralara kadar yalnız geldiğimi anlattığımda inanamadılar. Nerelerden nasıl geldiğimi tüm ayrıntılarıyla anlattım. Beni hayranlıkla dinlediler. Türkiye'yi sordular, cebimde beş Türk lirası vardı, bakmaları için verdim. Paranın üzerindeki "merkez" kelimesini okuyup anlayınca şaşkınlık ve hayranlıkla, "Bu söz bizde de var." dediler.

Memetcan isimli genç kalkıp, bana yemek getirdi. Beş lirayı ona hediye olarak verdim. O da hemen cebinden, Uygurların ünlü ses sanatçısı Abdullah'ın 6 yıldır cebinde taşıdığı imzalı resmini bana hediye etti. Gençler sırayla gitar çalıyordu. Sıra bana gelince, "Ben bilmiyorum." desem de işe yaramadı. "Siz bir de türkü söyleyeceksiniz." diye ısrar ettiler. O an aklıma yalnız "Evlerinin Dalı Kaya" isimli bir Azerbaycan türküsü geldi. Gitarın tellerine rastgele vurarak bu türküyü söyledim. Sanıyorum her kelimeyi net anladılar. Çok hoşlarına gitti, beni bir güzel alkışladılar. Bu arada tek başına gelen bir Uygur yandaki masaya oturdu. Gençlerin arasında en yaşlı olanı elini ağzının önüne götürerek adamı işaret edip, "Politik şeyler konuşmayın." dedi. Ben adama dönüp yanıma çağırdım, nazlanarak kalkıp geldi. Kolumu omuzuna atıp sohbet ettim. Bizimle biraz oturduktan sonra kalkıp gitti.

Yan tarafta bir Çinlinin bakkalı vardı. Bunlara bir şarap daha getirdi. Vakit gece yarısı olmuştu, sohbet devam ediyordu.

Bizim bulunduğumuz yerin sahibi henüz müşteri bekliyordu. Hanımı da ona yardım etmek ve yalnız bırakmamak için yanındaydı. Zavallı kadın sırtını verdiği sokak lambasının dibinde, altında mindersiz, kaldırımda çok sesli horlayarak uyuyakaldı. Kocası içinde bulunduğu ortamdan utanıyordu. Biz bir şey istediğimiz zaman başını kaldırmadan ve yüzümüze bakmadan hizmet ediyordu. Gençler sohbetimden hoşlandılar, hepsiyle dost oldum. Beni otelime götürüp geri döndüler.

Gece otelde camları açık bırakıp çok rahat uyudum. Fakat sabahleyin saat dokuza doğru, sanki pencereden içeri kızgın ateş korlarını dolduruyorlardı. Dışarıda inanılmayacak bir sıcaklık vardı. Yataktan fırlayıp hemen camları kapatıp, klimayı açtım. Akide telefon açıp, işleri olduğunu, yarın geleceklerini söyledi. Akşam karanlık çökünceye kadar sıcaktan dışarı çıkamadım. Yalnız yemek yemeye bir aşhaneye gidip çabucak geri döndüm. Akşama doğru tanıştığım gençler geldiler. "Bir Doğum günü kutlaması var bu akşam, oraya gideceğiz. Siz de gelin." diye beni davet ettiler.

Gittiğimiz "Saltanat" restoranı, üzüm bağlantım altında kurulmuş yer sofralı muntazam güzellikteydi. Kalın ve rahat minderlerin üstüne bağdaş kurarak oturduk. Gençler şarap ve bira içiyorlardı ben içmeyi Kırgızistan'da ilk gün yaşadığım kötü tecrübeden sonra bırakmıştım. Daha doğrusu bana ilk gün orada o kadar votka içirdilerki alkolden tiksindim yol boyu bir daha içmedim. Kısa süre sonra belki on beş kişi olduk. Akşamın serinleyen havasında oturup sohbet ettik, içtikleri içkiden dolayı, "Ruslar Kırgızları, Çinliler de sizi bozmuş" diye şaka yaptım, çok gülüştüler. Fakat Çinliler onlara içki içmeyi yanlış öğretmiş, aç karnına içiyorlardı.

Bu sofradan kalktıktan sonra yemek yemek için başka bir yere oturduk. Burada kız arkadaşları ve hanımları kendi aralarında oturup, alkolsüz içecekler içip, bizi bekliyorlardı.

Sahnede canlı müzik çalıyordu. Saat tam dokuzda canlı müzik sona erdi. Yalnız burada değil, bütün Doğu Türkistan'da bu saatten sonra canlı müzik çalmak yasaktır. Uygurlar, Türk milletleri arasında en çok müzik aletine sahip millettir, bunun dışında çok çeşitli müzikleri var. Kendilerinin deyimi ile "Müzik Uygurların tükenmez hâzinesidir." Yemekte bana eşsiz bir misafirperverlik gösteren gençler beni oyuna kaldırdılar. Masalarımızda Turfan'ın güzel kızları oturuyordu. Sıra ile bütün kızlarla oynadım. Uygur oyunlarını bilmediğim için Kafkas oyunları oynadım, çok hoşlarına gitti. Turfan halkı yüz tipi olarak Kaşgar'dan biraz farklıdır. Yüzleri daha çok Kırgız tipine yakın, tenleri çok açık beyaz ve vücut yapıları boyları nomal olduğu halde incedir. Dil olarak ben onlarla diğer Doğu Türkistan lehceleri arasindaki farkı seçemiyordum fakat hepsini çok iyi anlıyordum.

Gece on ikiye kadar mutlu ve güzel eğlendik. Tam saat oniki de CD'den çalan müzik de bitti. Çünkü bu saatten sonra bütün Doğu Türkistan'da müzik ve eğlence yasağı başlıyor. Yasak, gürültüyü önlemek için değil devlet tarafından konulan bir kanundan kaynaklanıyor. Bodrum katında bulunan, dışarıya hiç ses geçirmeyen mekanlar da bu uygulamaya tabidirler.

Birden kavga çıktı. Aç karnına içki içen en sevdiğim Memetcan sarhoş olmuş, biriyle yaka paça birbirlerine girmişlerdi. Yanlarına gidip onları ayırdım. Zavallı Memetcan ayakta duramıyordu. Bu aradan unutmadan söyliyeyim benim adimi da Memetcan koydular orada sirf Memet yok Memetcan var. Zayıf, güçsüz, genç bedeni içtiği şaraba yenik düşmüştü. Kolundan tutarak başka tarafa uzaklaştırırken, "Ağabeyi, o bizim kızlardan birinin ayağına bastı. O kız bizimle beraber, o bizim namusumuz. Niye ayağına bastı?" diyordu. "Yanlışlıkla olmuştur." diye kendisini sakinleştirmeye uğraştım, ama olmadı. Memetcan devamlı, "O kız bizim namusumuz." diye çırpınıyordu. Karar veremedim. Güleyim mi? Yoksa ağlayayım mı? Çünkü, yıllar önce böyle bir kavganın arasında İstanbul'da bir düğün salonunda kalmıştım. Orada da birisi yanlışlıkla gelinin ayağına basmıştı. Türk milletlerinin duyguları her yerde aynıdır.

Kendisini zorla sakinleştirdim. Yanıma daha tanımadığım başka biri geldi. Memetcan'nın kolunun altına

89

girip tuvalete götürüp, başını soğuk su ile yıkadık. Onun yatması gerekiyordu. Bana yardım eden gençle ikimiz, bir taksiyle Memetcan'ın diğer arkadaşlarıyla paylaştığı büyük bir odaya götürüp, yatağına uzatıp klimayı açtık.

Gece isminin Dursun olduğunu söyleyen gençle, Turfan sokaklarını dolaşmaya çıktık. Burada da Urimci'de olduğu gibi çok sayıda evsiz barksız insanlar parklarda yatıyordu. Güneş doğup, aşırı sıçaklar başlayıncaya kadar da bu mümkündü. Dursun beni bir yere götürdü. Burada fuhuş yapan kadınlar çalışıyordu. Fakat bu saatte kimse kalmamış, çoğu dağılmıştı. Dursun fuhuş yapan kadınların çalıştığı dükkanları gösterdi. Çinli kadınların 50 köye, çok az sayıda olan Uygur kadınların ise 30 köye çalıştıklarını anlattı. Uygur işçilerin Çinlilerden beş kat daha az kazandığını biliyordum, bu adaletsizliğin fuhuş sektörüne kadar indiğini öğrenmek, benim için yeni bir sürpriz oldu.

Merdivenlerden büyük ve çok derin bir bodruma indik. Gördüğüm manzara çok korkunçtu. Küçük odalarda birkaç Uygur kadını satıyorlardı. Kadınları satan üç adam ve Müslüman aşırı şişman Çinli kadın da orada oturuyordu. Zavallı ve çaresiz kızların bu haline üzülerek, Dursun'un kolundan çektim. Bu manzaradan rahatsız olmuş, dışarı çıkmak istiyordum. Oysa Çin'de fuhuş şiddetli cezaya sebep verecek bir suçtur. Avrupalı kaynaklara göre Çin'de en az 7 milyon kadın fuhuş sektöründe çalışıyor. Üstelik yabancı bir erkeğin Çin vatandaşı bir kadınla yakalanması, onun iki hafta hapis cezasına çarptırılması ve sınır dışı edilmesi demektir.

Dışarı çıkıp, sabaha kadar rastgele dolaştık. Hava ağarmaya başladığında odama döndüm. Daha yeni uyumuştum, telefon çaldı. Akide telefonda birazdan geleceğini söyleyerek, aşağı inmemi istedi. "Astana" isminde tarihi, yıkık bir şehre gittik. Şehre "Yanan Kayalıklar" da deniyor. Burası 2400 yıllık bir yerleşim bölgesiymiş; fakat, susuzluktan 600 yıl önce terk edilmiş. Burası da bir müzeye çevrilmiş ve Çinliler buranın da tüm kontrolünü ellerinde tutuyorlar.

Tarihi şehri dolaştırmak için uyanık bir Çinli birkaç eşek arabası satın almış ve bulunduğumuz Bincan köylülerine iş vermiş iş şöyle: Eşek arabaları Çinlinin malı, eşekleri ise Uygur sürücüler getiriyor ve bütün gün buraya gelen turistleri yıkık şehirde dolaştırıyorlar. Fiyatları çok pahalıydı. Akida bindiğimiz bir sürücüden ne kadar para kazandığını öğrenmeye çok çalıştı fakat adam "ser verdi, sır vermedi". Görülecek fazla bir şey de yoktu. Sağda solda toprak evler çökmüş, büyüklü küçüklü toprak yığınlarına dönüşmüştü. Tam orta yeri bir ev haline getirmişler. Bir Uygur kadın saz çalıyordu diğer bir kaçı da insanın nefes almaya zorlandığı sıcaklıkta milli Uygur kıyafetleri ile dans ediyorlardı. Kendileriyle aynı dili konuştuğum için merakla başıma toplandılar.

O istikamette gideceğimiz birkaç yer daha vardı. Kurak tabiatı, yolları ve çevreyi izleyerek giderken, Akida'nın arka koltuktan, "Ben ölüyorum." diye iniltisi geldi. Geri baktım, zavallı kadın hakikaten kan ter içinde kalmış, sıcaktan baygınlık geçiriyordu. Ona bir şey olacak korkusuyla şehre geri dönmeye karar verdim. Arabayla biraz ilerlemiştik, şoför geldiğimiz asfaltlı yollardan çıkarak, toprak köy yollarına girdi. Yollarda polis kontrolü olduğunu anlattı. Gittiğimiz yollarda Çinlilerin çıkardığı petrol ve gaz yataklarının yanından geçtik, çıkartılan petrolün gazını ateşlemişler, alevler metrelerce yükseliyordu. Çin'in petrol ihtiyacının 3/1 (üçte biri), yani 450 milyon insanın petrol ihtiyacı Doğu Türkistan'dan karşılanıyor. Petrol gaz sirf Kazakistan sinirindaki Karamay şehrinden çıkmıyor Turfan bölgeside gaz yatakları üstüne yüzüyor.

Turfan'a gelince ben otelin önünde indim, Akide'yi ise evine gönderdim. Gelebilirse akşama karanlık çökmeden gelecekti. Akşama doğru hava serinlediğinde yine iki bayan beraber geldiler. Bu sefer Turfan Türklerinin yüz yıllar önce yer altından açtıkları kanallarla dağlardan getirdikleri su kanallarını görmeye gittik. Turfan ovasının yaşam kaynağı sayılan yeraltı su kanalı "kariz" Uygur halkının akıl ve zekasının cevheri, ayrıca insanlığın önemli harikalarından biridir.

Uygurların karizi insanlık tarihindeki ilk yeraltı su kanalı olup, yüzlerce yıllık tarihi vardır. Turfan-Kumul ovasındaki karizlerin toplam uzunluğu 5000 km.den fazladır. Bu ovadaki tüm canlıların yaşamı bu karizlere bağlıdır. Şehrin suyunu günümüzde de bu kanallar taşıyor. Su kanalının hemen girişine Çinliler yine bir gişe koymuş, birkaç genci milli kıyafetlere sokmuş, folklor gösterisi yapıyorlardı. Buradan sonra görmeye başladım. Çinliler ülkeyi bir folklor sahnesine çevirmişler. Bunu Uygurlar her zaman dile getiriyorlar fakat kendim görünce ne demek istediklerini anladım. Ülkeye az sayıda gelen turistler böylece sözde mutlu Uygurları görüp geri dönüyor.

Karizleri gördükten sonra, şehri arabayla dolaşırken tarihi bir camiyi görüp arabadan indim, içeride genç bir Turfanlı oturup Kuran okuyordu, selâmlaştık. Şehrin meydanındaydık, çarşıyı yaya dolaştık. Akşamın serinliğinde diğer Uygur şehirlerinde olduğu gibi, seyyar aşhaneler tezgâhlarını kurmuşlardı. İki kavaz içmek için biz de bir masaya oturduk. İki Çinli ile iki Uygur adam karşılıklı oturup yemek yiyorlardı. Çinliler bira, Uygurlar kavaz içiyorlardı. Akide, günlük iş hayatında Çinliler ve Uygurların dost olduklarını, fakat aile hayatında birbirlerinden tamamen ayrı yaşadıklarını, evliliklerde ise Çin hükümetinin karma evlilikleri para ile teşvik ettiğini, belki on binde bir Uygur kızının bir Çinli ile evlendiğini, fakat Çinli kadınların Uygur erkeklerini beğenip onlarla çok az sayıda da olsa evlendiklerini anlattı. Fakat evliliklerin çok kısa ömürlü olduğunu eklemeyi de ihmal etmedi.

Buradan yeni kurulan bir mahalleyi ziyaret ettik. Büyük bir yüzme havuzunun etrafına kurulan, dört katlı yeni evler, Çin'den yeni göçenler için kuruluyordu. İnsanın bakmaya doymadığı bu evleri, Uygurların satın alması bir hayaldi. Havuzun etrafını dolaşmak için içeri girerken, kapıdaki Çinli kadın Akide ile tartışmaya başladı. Bizim burada yüzmemizi istiyordu kabul etmedik yine içeri girdik. Havuzun etrafında yalnız Çinliler dolaşıyordu. Turfanlı Türklerin oturdukları mahalleler, diğer şehirlerde olduğu gibi toprak evlerden oluşuyor.

Ertesi gün Akide köye, üvey anne-babasının yanına gideceği için gelmedi. Öğlenin yakıcı sıcağında yalnız başıma tenha ve sakin Turfan sokaklarını dolaşırken arkadan birinin ıslık çaldığını duydum. Dönüp baktım, tanıştığım müzisyen gençlerden ikisi arkamdan geliyorlardı. Beraber Uygur pazarına doğru yürüdük. Pazara gelince ilk olarak Kaşgarlı yaşlı dedenin yanına gittim. Yanında uzun beyaz sakallı, nur yüzlü bir adam daha oturuyordu. Hürmetle ikisinin de ellerini öptüm. Gençlere Türklerde el öpmenin ne anlama geldiğini anlattım, çok hoşlarına gitti. Gençler dışarıda bana o güne kadar hiç içmediğim bir limonata içirdiler. İçerisinde buruşuk bir erik çeşidinin olduğu meyvelerden yaptıkları limonata koyu kırmızı rengiyle şimdiye kadar içtiklerimin en lezzedisiydi.

O akşamı yine gençlerle sohbet ederek geçirecektim yanıma fotoğraf makinamı aldım bir kaç genç kız akşam serinlğinde bir evin önüne dikiş makinaları koyup dikiş dikiyorlardı fotoğraflarını çektim. Toprak bir sokağa girdim burada Uygurlar kapının önünde oturuyorlardı kendileri ile biraz ayak üstü sohbet ettim.

Artık yolculuğumun sonuna gelmiştim. Turfan'da görülecek çok şey de kalmamıştı. Eğer yolumun üstünde gidilecek başka şehirler olsa oralara da gidecektim. Fakat her gittiğim yerde yeni oteller aramaktan da yorulmuştum. Tüm yorgunluğuma rağmen, her yeni şehirde yeni insanlarla tanışmaktan büyük zevk almıştım, aslında gönülsüzce geri dönecektim. Sabahleyin daha otelimden çıkmamıştım, Akide telefon açtı, son defa şehri gezip bana Urimci için otobüs bileti alacaktık.

Aşağıda buluşup otelin yakınında Uygurların işlettiği tatlı çeşitleri, pastalar, şekerlemeler ve çörekler satan dükkanda oturup bir şeyler yedik. Akide ailesinin yanından çok üzgün dönmüştü. Anlatmaya başladı: "Ağabeyim bir yıldır hapiste, kendisini göremedik. Elbiseleri de yok, götüremedik. Annemle babam çok ağlıyorlar, ben de bilmiyorum, ne yapabilirim? Çok paramız da yok." Ben zaten geri dönmeye niyetsizdim. Akide ve kardeşiyle iki bin kilometre uzaklıkta olan Çin şehrine gidip ağabeyini aramak aklıma geldi. Çin parası, Euro ve dolar karşısında çok değersiz olduğundan fazla para harcayamamıştım, yeterince param vardı. Akide'ye bir teklif de bulunarak, "Ben bütün yol masraflarını vereceğim, gidip ağabeyini bulacağız." dedim.

Sevincinden zavallı neredeyse ağlayacaktı. Onun fikrine göre en kolayı bir taksi tutacaktık. Taksiyle bir haftada gider gelirdik.

Önce Kumul şehrine gidecektik. Kumul, Çin ve Moğolistan sınırlarına 80 km kadar yakınlıkta bir yer. Orada Akide'nin bir akrabasını ziyaret edip sonra yola çıkacaktık. O güne kadar maalesef Kumul hiç ilgimi çekmemişti. Yolun beş saat süreceğini anlattı. Ben seyahatimin Turfan'da bitmediğine sevindim, o da ağabeyine kavuşacağına heyecanla kalktık, Akide ailesinin yanına gidip, eve haber verip, ağabeyinin giyeceklerini alıp erkenden geleceğini söyledi. O bir taksiye binip gitti, ben de o gün artık dinlenmek için pek dolaşmadan otelin odasında televizyon izleyerek ertesi günü bekledim.

Sabah erkenden Akide çok genç ve güler yüzlü iyi birine benzeyen bir taksiciyle geldi. Arka koltukta Akide'nin dışında şoförün hanımı ve iki küçük çocuğu, Akide'nin küçük üvey erkek kardeşi oturuyorlardı. Taksici Kumul'dan buraya ailesi ile gelmiş. Şimdi hep beraber gidecektik. O, ailesini evlerine bırakacak, bir gün sonra yola devam edecektik. Bir bakkaldan altı şişe su aldık. Yollar uzun, yol boyu yerleşim birimleri yok denecek kadar az olduğundan su bulunmuyor. Tedarikli yola çıktık.

Kumul'a Yolculuk

Kaynar kazan Turfan'ı kısa bir süre sonra arkamızda bırakarak, çukur Turfan vadisini terk etmeye başladık. Turfan'ın etrafı kızıl kumlarla çevriliydi. Ovayı çıktıktan sonra hava serinlemeye başladı. Bu şehri hem gördüğüme, hem de terk edebildiğime şükrettim. Sanki kaç gündür hamamdaydım.

Şoförümüz uzun yolu arabasına taktığı bir Çin malı DVD calarla neşeli geçirmeye çalışıyordu, fakat olmadı. Hotan müziği dinliyorduk, ufak bir çakıl taşı bile tekerleğin altında kaldığı zaman teyp hemen duruyordu. Bir müddet uçsuz bucaksız çölleri geçtik. Kuru kayalıklar ve çöllerden geçerken yolda sanki yolun ortasına da bir mavi göl varmış gibi serap görünüyordu. Kırgızistan'da gördüğüm hayvan heykellerinden Çinliler de yolun kenarlarına dikmişler. Fakat Çinlilerin hayal gücü çok daha yüksek. Onlar bölgede yaşayan hayvanların değil, Afrika'da yaşayan fillerin, Avustralya'da yaşayan kanguruların ve bölge ile ilgisi olmayan hayvanların heykellerini yol boyu sergilemişler.

Bir ara yolun kenarında zayıf beş deve gördük. Şoför bana, "Sizde düye (deve) var mı?" diye sordu. "Var, bizde ismi deve, Türkçe de doğurmamış dişi sığıra düye deniyor." Türkçe ve Uygurca kelimeleri karşılaştırarak epey sohbet ettik ve onunla da kısa süre içinde dost oldum. Derken, birden arabamızın tekerleği patladı, değiştirip yola devam ederken bana yeni sorular sordular. "Sizde de çok Çinli var mı? "Yok, yalnız turist olarak var. "Ne mutlu size." Bunların sorusunu aslında Turfan ve Urimci'de de duydum. Uygurların yurt dışına çıkmasına izin verilmediği, özgür ve sansürsüz haber alamadıkları için, bütün dünyayı Çinlilerin işgal ettiğini düşünüyorlar. Akida yeni bir soru yöneltti. "Siz de tabanca taşımak serbest mi?" "Ruhsatı olana serbestir." "O Hudam. Bizde bilseler bir köyde küçük bir tabanca var, o köyün üstünü altına getirip tabancayı bulmadan gitmez, gerekirse bütün halkı öldürür köyü yakarlar. Asıl hayat siz de varmış" Uygurlar, Çin'in vatanlarını işgal etmesinden sonra 1949 yılından, 1997 yılına kadar en az 62 kez Çin işgaline karşı ayaklandılar, işgalci Çin bu insanlara hiç bir şekilde, özgürlük hakkı tanımıyor. Ayaklanmaların başlıca sebebi budur. Bu ayaklanmalar sırasında rast gele ateş ederek binlerce Türk'ü öldürdüler.

Arabada Akide ile şoförün hanımı sohbet ediyorlardı. Bana bir küçük kalın ekmek uzatıp, kırıp kendilerine vermemi istediler. Bu ekmek miydi, taş mıydı anlamadım. Ekmek nasıl bu kadar sert olur? Turfan'da, Kumul`da çok sert ekmek de yiyorlar. Yolun yarısına gelmiştik, sularımız azalmaya başladı. Sıcaktan hepsini içmiştik. Bir tepenin eteklerinde yüksek kavak ağaçlarının altına toprak evlerden rastgele kurulmuş küçük bir köy gözüktü. Köyün hizasına gelmiştik, baktık köylüler yol kenarlarında eşeklerle kuyudan su çıkartıyorlar. Hemen arabayı durdurup, yanlarına gittik. Alev alev yanan sıcak çölün ortasında su çıkartan adamların yüzleri, genç yaşta olmalarına rağmen güneşten çatak çatlak olmuştu. Bu adamlar bir eşeğin sırtına çok uzun bir kendir bağlamış, su kovasını kuyuya atıyor, bir adam eşeği yularından tutup yirmi otuz metre gidince su dolu kova yukarı çıkıyordu. Şoför kovadan eline biraz su döküp içti. Su içme sırası bana gelmişti, kovayı eline tutuşturarak, "Biraz dök" dedim. Suyla yüzümü yıkayacağımı düşündü, başını sağa sola sallayarak ne yapıyorsun? Demek istedi. "Suyu avucuma dök, içeceğim. Biliyorum, su burada insanların gözünün nurudur." dedim. Suyun, Doğu Türkistan'da çok kıt olması, doğu Türkleri için Tanrının bir mükafatıdır. Su kıtlığından dolayı daha fazla Çinli göç edemiyor.

Az tuzlu sudan doya doya içtim. Boşalan şişelerimizi doldurup yola koyulduk. Uygur halkının yüzde 80 köylerde yaşıyor. Bir müddet gitmiştik, yolun kenarında bir balık yetiştirme havuzuna rasdadık. Suyun altından kıymetli olduğu bu çöllerde bu kadar suyu nereden çıkartıp, buraya bu havuzu nasıl açmışlar, bir türlü çözemedik.

Karnımız acıktığında Kumul`a bir saatlik yolumuz kalmıştı. Şehre gelmeden önce bir kasabanın yanından geçecektik. Yoldaşlarım burada Uygurların yaşadığından emin değildiler, çünkü Çinliler kasabayı kömür çıkartmak için kurmuşlar. Anlattıklarına göre on binden çok işçi çalışıp, kömür

97

çıkartıyorlarmış. Kasabaya girip, arabayla bütün caddeleri dolaştık ama hiç Uygur aşhanesi göremedik.

Tam umudumuzu yitirmiştik, bir polis karakolun yanında bir yer bulduk. Aşhaneyi iki Uygur kadın işletiyordu. Bizi görünce çok sevindiler, sanki uzaktan çok yakınları gelmişti. Oturup yemeklerin pişmesini beklerken, biraz sohbet ettik. Kadınlar bu kasabada çok az Uygur'un yaşadığını anlattılar. Ayrıca havada uçuşan kömür tozlarından dolayı, Çin'in hiç bir bölgesinde, bu bölgede olduğu kadar verem hastalığının olmadığını kendilerinden öğrendim. Yemekten sonra bir tuvalet aradık, şoförle birlikte iki sokak uzakta halka açık tuvalet bulduk. Burası bütün seyahatim boyunca gördüğüm en iğrenç tuvaletlerden biriydi, kanalizasyona bağlı değildi. Tuvalet, beton sütunlar üzerine kurulmuş, erkek ve kadınlara ayrılmış iki bölümden oluşan belki iki oda büyüklüğünde bir binaydı. İnsanların dışkıları yola dökülüyordu ve etrafta dayanılmayacak bir pis koku vardı. Üstelik tuvalet evlerin tam ortasındaydı. Yani, çevrede oturanların camları havalandırmak için açması mümkün değildi. Burnumuzu tutarak içeri girdik, beş altı adet olan alaturka tuvaletlerin üstünde üç Çinli sıra sıra oturup ihtiyaçlarını gideriyorlardı. Ne önlerinde bir kapı, ne aralarında bir duvar vardı. Hepsi birbirinden utanmadan pis koku içinde oturuyorlardı. Hemen dışarı çıktık. Kaşgar'da Kırgız gençlerin bana yönelttiği, "Çinlilerde medeniyet var mı?" sorusu onların gördüğü bu manzaralardan geliyordu. Bazı şeyleri şimdi daha net anlıyordum. Bu tuvalet dünya da benzeri olmayan, Doğu Türkistan'a bir Çin ihracatıydı. Bir saat sonra nihayet Kumul'a geldik Çinliler bu sehrin adini degistirip Hami koymuşlar. Şehre girmeden önce Turfan' dan aldığımız, çıkış kağıdını Kumul polis karakoluna teslim ettik. Uygurlar bir şehirden, başka bir şehre giderken izin kağıdı almak zorundalar. Böyle bir uygulama, Çinliler için söz konusu değil. Şoförün hanımı bizi mutlaka kayınbabası ve kayın annesinin evine götürmek istiyordu. Bunlar tüm aile birlikte yaşıyormuşlar.

"Kayınbabam çok misafirperver, sizi görürse çok sevineçektir, otele gitmeyin." diye beni evlerine ısrarla götürmek istediler. Sonunda kabul etmek zorunda kaldım elbette gitmek Türkiye'den binlerce kilometre uzaklıkta bir Türk aileyi tanımak isterdim fakat sonra başlarına benim yüzümden bir bela gelir diye korkuyordum. Gelin hanımın kayınbabsı, hanımı ve genc kızları Kumul'un bir kenar mahallesinde oturuyorlardı. Yolda arabayı Akide durdurdu kardeşiyle bir dükkandan iki tepsi şekerleme ve pastayı hediye olarak paketlettirip döndüler aynı bizde olduğu gibi misafirliğe eli boş gidilmez.

Dar toprak yol ağaçlı, bağlı, bostanlı yerlerden geçiyordu. Şoförün evine geldik. Annesi ve babası bizi çok iyi karşıladılar. Nasıl misafirperverlik göstereceklerini bilemediler. Şoförün yaşlı babası beni bir divana oturtup, altıma minder, sırtıma yastık verdikten sonra çay kaynatmaya dışarıya çıktı. Gelinlerinin yolda anlattığına göre, bu mahallede en iyi çayı kayınbabası kaynatıyormuş. Fakir fakat mutlu bir ailenin misafir odasında oturup çayın gelmesini beklerken, dışarıda kadınlar hemen ocak yaktılar ve yemek pişirmeye koyuldular. Cam yerine, plastikle kapalı pencereden içeri kadınların sesleri geliyordu.

Ben şoförle bağ bostanlarını gezmeye çıktım, zira hemen evlerinin yanı başındaydı. Biraz sebze, mcyve ve buğdayı küçük olan tarlaya bölüştürüp ekmişler. Bütün sebzeleri, kavunları elleriyle tek tek nasıl büyüttüklerini sevinçle gösterdi. Kumul'da yirmi beş çeşit kavun yetişiyor ve bütün Çin'de alıcı buluyor. Bu kavunlara "Hami Kavunları" ismini vermişler tohumlarını bütün dünyaya satıyorlar. Uygurlar Çinliler gibi fazla pirinç yemiyorlar. Yalnız bizim "etli pilav" yemeğinde pirinç kullanıyorlar. Onlar ismine yalnız "Pilav" diyor.

Eve geri döndüğümüzde çayımız hazır olmuş, dışarıdaki tandır yanıyor, üstünde yemek kaynıyordu. Çaylar geldi. Bir yudum almamla fincanı geri bırakmam bir oldu. Bütün Doğu Türkistan'da şekerli çay ararken burada bana tuzlu çay verdiler. Sebebini adam anlattı. Bunlar kuyu suyu kullanıyorlar, kuyu suyu biraz acı olduğundan tuz ile acılığını alıyormuşlar. Mahcup olduğum halde içemedim. Lezzetli mantı yemeğini yedikten sonra kalkmanın zamanı gelmişti. Akide ile şoför beni güzel bir otele getirdiler. Ben bu gece burada kalacaktım, ertesi gün buluşup yola çıkacaktık şoför evine o da kardeşi ile Iskender denen bir akrabalarının evine gidecekti fakat ayrılmadan önce Akide telefonla önce akrabalarını, sonra da ağabeyinin bulunduğu hapishaneyi aradıktan sonra gözleri doldu, ağlayacak gibi oldu. Ağabeyini başka bir hapishaneye sevk etmişler, fakat daha yoldaymış ve yeri tam belli değilmiş. Bu şekilde gideceğimiz şehir de belli değildi. Birkaç gün burada bekleyecektik.

O gece ilk defa yalnızlık çekmeye başladım. Haftalardır yollardaydım. Yaşadığım Almanya'dan, Türkiye'den belki 8 bin kilometre uzaktaydım. Eğer hastalansam veya ölsem kimse nerede olduğumu bilmeyecekti. Gece uykum gelmedi. Televizyon kanallarını karıştırırken, karşıma Uygurca alt yazılarla Türkçe müzik klipleri çıktı. Sanki Türkiye'deymişim gibi sevindim. Türk müzik kiplerine bütün Doğu Türkleri hayranlar. Doğu Türkistan'ın sınırlarında denizler yok, gölleri az, nehirleri bulanık akıyor. Dil ve din bağından dolayı Türk filmlerindeki güzel manzarayı bütün ülkede hayranlıkla izliyorlar.

Erkenden uyanıp, oldukça lüks ve büyük otelin park yerine inip, Akide ile şoförün gelmesini bekledim. Anlaştığımız saatte kardesi ile geldiler, beraber kahvaltı yapmaya gittik. Akide şoföre şimdilik ağabeyinin yanına gidemeyeceğimiz için kendisinin bizi beklemesine gerek kalmadığını söyledi taksicinin buraya kadar alacağını zaten ilk gün peşin vermiştim.

Akide kendi memleketine "Doğu Türkistan" diyemiyor, elbette korkudan "Sincan" diyordu. Sincan'ın En güzel mezarlığın Kumul şehrinde olduğunu anlattı mezarliğa bir başka taksi bulup gittik.

Mezarların arasında fatiha suresi okunduktan sonra oradaki bir türbeye gittik. Bu türbe 1954 yılında dindar ve İslam dinine sadık Uygurlar tarafından kurulmuş. Akide'nin anlattığına göre, yaptığı iyiliklerle tanınan, fakat Çin içlerine giderken orada ölüp gömülen bir adamı Kumullu birisi gece rüyasina görür. "Beni memleketime götürün" bu rüyayi bir kaç kez görür. Adam rüyasını çevresine anlatır bir kaç kişi toplanıp onun naşını Kumul'a getirmek için gidip mezarı açarlar, mezarda adamın cesedinin hiç çürümediğini görürler. Şimdi Kumul'da bulunan türbeye adamın naaşını getirip gömerler. Müslüman topraklarına gömülen adamın, bir keramet belirtisi olarak kurak olan şehre yedi gün, yedi gece sağanak yağış yağar. İstatistiklere göre Kumul'da yılda yalnız bir gün yağmur yağıyor. Türbeye başörtülü bir kadın bakıyor, içerisi karanlıktı. Yeşil bezlerle örtülü türbenin başında dualar okuduk. Akide Hindistan ve Çin'de yaygın olan kokulu çubuktan bir kaç tane yaktı. İçerisi gerçekten enfes güzel kokuyordu.

Şehir belediyesi, Kumul Müslüman Mezarlığı'nın etrafına kendi çıkarları olmadan, Uygurlara iyilik için duvarlar çektirip, içerisini yeşillendirmemiş. Şimdi ölüleri gömmek için 1500 2000 köy ücret alıyormuş. Önceleri mezarlar parasızmış.

Bu kadar para buranın halkı için bir servet sayılıyor.

Şehri dolaşırken, Akide bir restoran gösterdi, ismi yeni açıldığı zaman "Şarki Türkistan"mış. Polisler restoranı kapatmışlar, ismi "Sincan" olarak değiştirildikten sonra yeniden açılmış. Akşamları burada da diğer şehirlerde olduğu gibi saat yediden sonra seyyar aşhaneler kuruluyor. Aşhanelerin kurulduğu caddede bir taş satan dükkân vardı, Akide beni zorla o dükkâna soktu. Siyah bir taşı beğendi, alıp evine koyacakmış. Kendisini bu fikrinden vazgeçirdim. Niye taşlara karşı olduğuma anlam veremedi. "Putperestler taşa önem verir" diye izah ettim.

Akşam üstü oturup yakında gidilebilecek neler var diye Küçe'den aldığım haritalara üçümüz bakarken, Sincan'ın çok çok küçük, büyük Çin'in içinde bir nokta kadar ufak olduğunu söyledi. Bu sözlere inanamadım. "Sizin Sincan Türkiye'den üç misli daha büyük, bunu size kim öğretti?" "Bize okulda böyle öğrettiler" dedi. Uygurların gerçekten bilinçli olarak cehalete ve fakirliğe terk edilmiş bir halk olduğuna bir daha şahit oldum. O arada akrabaları Iskender yanımıza geldi onunla konuştuk o söze karıştı "Altay'a giderdik, fakat orada da orman kalmadı. Bütün ağaçları kesip götürdüler hem buraya uzak burada bekleyin."

Günler geçmek bilmiyordu. 1709 yılında Kumul hanlarının kurduğu sarayları görmeye ertesi günü gittik. Sarayı 2004-2005 yıllarında restore etmişler. Fakat restore edilmeden önce fotoğrafını çekmemişler, restore işi bittikten sonra çekilen fotoğrafları girişe asmışlar. Böylece orijinaline uygun olarak restore edilip edilmediği belli olmuyordu. Çünkü, Çinliler buradaki milli ve Türk-Islam mimariyi yıkıp, yerine Çin tarzı kameriye ve ejderha heykellerini yapmışlar. Girişte Uygur biletçi bizden yalnız bir kişi için para aldı. Görkemli bir caminin yanında "Üç Adsızlar" denen, yan yana duran üç mezar vardı. Bu mezarlar İslamiyet'in yayılış yıllarında Kumul'a gelen üç Arap'ın türbeleriydi. Yine bu türbelerin yanında Kumul Hanlarının türbeleri vardı. Atlas kumaştan üstleri örtülü mezarların İstanbul'daki padişah mezarlarından asla farkı yoktu.

Bu bölümü gezdikten sonra, Saray bölüme geçtik. Yüksek bir zemin üzerine etrafı surlarla çevrili bu yönetim merkezi çok güzel ve estetik kurulmuş bir kaleye benziyordu. Buranın hem bilet satanları, hem de rehberleri Çinliydi. Türk ve İslam mimarisinde de görülmeyen tamamen Çin tarzında restore edilen sarayın yönetim kısmına Çinliler bir de hikaye uydurmuşlar.

300 yıl önce Pekin'e giden Kumul hanı, Çinlilerin mimarisine hayran kalarak gelip bu sarayı kurmuş. 30-40 basamaklı merdivenlerden yukarı çıkmadan girişe iki tane, yalnız Çinlilere özgü olan köpek-aslan heykeli koymuşlar. Binanın ahşap çatısının altını Çin motifleriyle boyamışlar. Önceden kalenin içindeki her binanin üstünde bir yarım ay varmış. Fakat bu yarım aylar tamamen yerlerinden sökülmüş. Yalnız sarayın tam önünde bulunun küçük bir mescidin üstüden yarım ayı almamışlar. Kalenin içinde rehber kadın bize padişahın halka konuşma yaptığı ve merdivenlerle çıkılan alçak bir minberi göstererek, Han'ın buradan aşağıdaki işçilerin çalışıp çalışmadıklarım gözetlemek için kurdurduğunu anlattı. Anlattıklarında hiç bir mantık yoktu. Çünkü bütün ova buradan nasıl gözükecekti? Çin Özgürlük Ordusunun Hami'ye gelmesiyle hanlığa ve baskılara son verildiğini söyleyince Akide'ye, "Bu ordu hangi özgürlüğü getirdi?" diye sormasını istedim. Soruya rehber kadın cevap vermedi. Onların anlattığına

göre, "Çin Özgürlük Ordusu" Uygurları feodal sistemden kurtarmış. Rehber kadın ezberlediği bu sözleri buraya gelen bütün Uygur çocuklara da anlatıyor.

Eğer Uygurlar ülkelerinde Kültür katliamından söz ediyor, Çinliler de yalanlıyorsa, burası bütün yalanları yıkarak gözler önüne seriyordu. Çinlilere göre Uygurları bağımsızlık hayalinden vaz geçirmenin tek yolu, tarihlerini ve kim olduklarını unutmaları ile mümkündür. Tabiki Uygurların'da kendilerine göre tarih anlayışı var. Onlara göre yer yüzünde insanlık oldu olalı, burada Uygurlar yaşıyor. Fakat dünyanın bildiği bir tarih varsa, o da Çin' in buraları işgal ettiğidir. Aslında bu kale, içinde ki kapatılıp müzeye çevrilen cami ve çevre binaları Özbeksitan'daki Buhara'nın küçük kopyasıydı. Çinle hiç bir ilgisi yoktu, belki kalenin üstündeki küçük teras dedikleri yer Çin mimarisine benziyordu.

Bize ne zaman bir taksi lazım olsa hemen bir Uygur veya Müslüman taksiciyi durduruyorlardı. Taksileri nasıl tanıdıklarını bana anlattılar: "Müslüman taksicilerin dikiz aynasında ya bir tespih asılı veya hiç bir şey yok. Çinliler kırmızı bir kurdele asıyor, taksileri böyle tanıyoruz."

Nüfusu bir milyona yaklaşan Kumul'da halkın ancak yüzde on beş ile on sekizini Uygurlar, yüzde yetmişten fazlasını Çinliler oluşturuyor. Bunların yapacakları tek şey, birbirlerine destek olmaktır. 70 bin civarında Kazak da bu şehirde yaşıyor. Kazak Türkleri arasında Altay dağlarının kahramanı Osman Batırı rahmetle anmadan geçmeyelim. Batır veya Batur Kahraman demektir. Bu isim ona sonradan verilmiştir. Her yıl Kazakistan'da onun için anma törenleri düzenleniyor.

Osman Batur

Osman İslamoğlu 1899 senesinde Altay vilayetinin Köktogay bölgesinde Öndirkara mevkinde orta halli bir aileden doğmuştur. Kendisi Kazakların Orta yüz-Kerey-Abak Kereyyantekey-Molkı-Aytuvgan boyuna mensuptur.

Osman Batur'un dedesi varlıklı ve dindar bir kişiydi. Ne varki deden kalma varlık Osman Batur zamanına kadar dayanmamıştır. Bu yüzden Osman Batur 1940 yılına kadar Köktogay bölgesi Kürti mevkinde Kızıltaş pınarı boyunca tarımla uğraşmıştır. Osman Batur. 1940 ve 1941 senesinde bölgedeki Çinli idareci Şing Sı Sey'e karşı başlatılan istiklal kavgasında kahramanlığı, yenilmez ve yorulmaz inatçı mücadeleciğiyle dikkat çekmiştir. Osman Batur Ekim-1941 senesinden Temuz 1943 senesine kadar, Çinlilere silah teslim etmeden istiklal mücadelesini sürdüren Kazakların arasında öne çıkmış Temmuz 1943 ten Eylül 1945 senesine kadar Çinlilerle Altay'da silahlı kavgayı sürdüren topluluğun lideri, "Altay Geçici Halk Hükümetinin"' Başkanı, Ekim 1945 enesinde Şubat-1947 senesine kadar Üç Vilayet Hükümeti (Doğu Türkistan Hükümeti)'nin Altay vilayetinin askeri ve mülki amiri, yeni valisi, Temmuz 1946 tarihinden itibaren (Doğu Türkistan Cumhuriyeti ve Komintang idaresi arasında anlaşma yapıldıktan sonra) Bölgelik Koalisyon Hükümetinin (Asli) üyesi olmuştur. Şubat 1945 tarihinden Eylül 1949 tarihine kadar ,Komintang idaresi ile Çin Komünist partisi mücadelesi, sonuncuların zaferiyle sonuçlanana kadar, Sonyida kurulan Altay Valiliği makamında oturmuştur. Kasım 1950 senesinde Çin'in Gansu-Şınghay eyaletleri sınırındaki (Çinse Tsilyang-Şan) Kanambal dağında Kızıl Çin ordusuna esir düştü. 19 Nisan 1951 senesinde "devrim düşmanlığı suçundan ölüm cezasına çarptırıldı ve 29 Nisan (1951)'de Urumçide kurşunlandı.

Osman Batur'un tek erkek kardeşi olan Delilhan İslamoğlu 1942 senesinde Koktogayda Şıng Sı Sey kuvvetleri tarafından zalimce şehit edildi. Osman Batur'un bir oğlu Şeriyazdan 1940 senesinde Kökyogay'da yapılan ilk istiklal mücadelesinde Kayırtı cephesinde yapılan savaşta şehit edildi. İkinci hanımı,üç oğlu ve beş kızı toplam dokuz kişi 1942 senesinde Şın Sı Sey askerlerince esir edilerek Sarsümbe ve Köktogay şehirlerinde tutsak oldular. 1944 senesinde Altay'da istiklal mücadeleci Kazaklardan onulmaz yenilgiye uğrayarak kinlenen Çinli Komiteciler Köktogay şehrinde 40'dan fazla Kazağı öldürdükleri sırada, Osman Batur'un 18 yaşındaki kızı Kabiyra ile 14 yaşındaki oğlu Baybola'yı anneleri Mamey'in gözü önünde doğradılar. Osman Batur'un 11 yaşındaki oğlu Kariy ve 9 yaşındaki kızı Sapiyan'ı da 20 küsur metre derinlikteki çukura diri olarak attılar. Evlatlarına yapılan bu zalimliğe dayanamayan, Osman Batur'un ikinci hanımı Mamey aklını kaybederek oradaki bir nehrin azgın sularına düştüğü ve fakat sonradan mücahitlerce kutarıldı. Osman Batur'un bir diğer kızı Pansiya 1942 senesinde Şın Sı Sey'in Köktogay'daki idareciler tarafından Osman Batur'u ikna etmek için gönderilmiş ve babasının yanında kalmıştır.

Osman Batur'un,Şerdiman, Nigmetullah ve Nebi isimli oğulları 1941 senesinden itibaren babalarıyla beraber olmuş, Osman Batur tutsak edildikten sonra da istiklal mücadelesini sürdürmüşlerdir.

Osman Batur`un Çinlilere karşı mücadele ettiği yıllarda iki ayrı devlet kurulmuş ve Rusların sinsi planlarıya yıkılmıştır. 1932-1934 ile 1944-1949 yıllarında kurulan ve yıkılan devletler Sovyetler sayesinde mümkün olmuştur. 1949 yılında Doğu

Türkistan Cumhurriyetinin liderlerini, Sovyetler Kazakistan'ın Almaata şehrine davet ederler. Uçak hava alanına yaklaşmaya başlayınca düşer bütün devlet adamaları bunların arasınada Cumhurbaşkanı, başbakan, savunma bakanı vardır bu kazada ölürler. Başsız kalan devleti Çinliler gelip savaşsız işgal eder. Sovyetlerin korkusu bağımsız Doğu Türkistan devletinin işgal altındaki Batı Türkistan ile birleşmesidir.

Kumul'dan ayrılış

Birkaç gün bekledikten sonra Akide 'ye artık gitmek istediğimi söyledim. O da üzülerek kabul etti. Ağabeyinin yerini öğrendikten sonra kardeşiyle gitmesini veya Turfan'a geri dönmesini söyledim. Kendisine yeterince para bıraktım. Onun yanında 500 köy vardı üstüne ben 1200 köy daha verdim. Lüks otellerin geçeliği Urumci dışında yabancılara 100 köy bile değildi bu para ona kardeşi ile Çin'in içlerine gidip gelmesine rahat ve bol yeterdi, ayrılıncaya kadar bütün masrafları ben ödemiştim. Keşke kardeşi olduğu yerde kalsaydı gelidiğimiz taksi ile bir haftada 4 kişi gidip gelir kardeşini bulur haber alırdık. Fakat beklemek günler aylar sürebilirdi. Ayrıca onun da bir işi vardı ne kadar akrabalarının evinde kalabilirdi? Benim için tek yol buradan ayrılmak kalmıştı. Bir akşam vakti, akrabası İskender ile beni otobüs terminaline getirip çantasını açtı. İçinden bir karton sigara çıkartıp hediye etti. " Lütfen hediyemi Kabul ediniz." Uygurlar büyük veya küçük devamlı "sizli" hitap ediyorlar. Evli kadınlardan, eşlerine "siz" diye hitap edenlerin sayısı çoktur. Mert ve yürekli bu kadına aslında hayranlık duydum. Urumci'ye gitmek için yola çıktım. Geldiğimiz yolları tekrar geri gidiyordum fakat içimde bir üzüntü kalmıştı. Akide'ye yeterince yardım edememiştim. Bir an Kumul'a tekrar geri dönmeyi çok düşündüm fakat dolaşmaktan yorulmuştum.

Gecenin bir vakti ihtiyaç molası verildi. Aşhanede otururken, yanıma iki Uygur adam geldi. Birinin elinde cep telefonu vardı, bana uzatarak içindeki SMS'i okumamı rica etti. SMS Latin harfleriyle yazılmıştı. Uygurlar genellikle Latin harfleri okuyamıyorlar. Bir taraftan kendi dilleri olan modern Arap alfabesi, diğer taraftan Çince okuyup yazmak zorunluluğu, diğer taraftan dünyaya hakim olan Latin alfabesi arasında kalmışlar.

Yazıyı kekeleyerek okuyabildim. Adam SMS'i Uygurca bilen bir Pakistanlının gönderdiğini anlattı. Biraz sohbet ettik. Konuşurken çok rahattılar, benden kendilerine herhangi bir tehlike gelmeyeceğinden emindiler. Hotan'dan, Kumul`a taş ticareti için gelmişler. Bir kaç Pakistanlı ile taş ticareti yapıyorlar.

Pakistanlar burada Türk milletlerinde olan, misafirperverliği sonuna kadar değerlendiriyorlar. Fakat kendileri Uygurlara aynı misafir perverliği Pakistan'da göstermediler. Beyaz tenli, güzel Uygur kızları ile evlenip bir "savaş ganimeti" gibi alıp giden Pakistanlar, Uygurlara öyle bir darbe vurdularki, derterinin üstüne bin dert daha geldi. Çinlilerin istediği gibi Uygurlar terörist ilan edildiler.

Yıl 2001 Amerika, Afganistan'ı bombalıyor. Tesadüfen Pakistan'da bulunan işçi veya tüccar Uygurları Pakistanlar "Islami terörist" diye tutuklayıp Amerika'nın FBI ajanlarına kişi başına 5000 dolara satıyorlar. Pakistan' da bu çok büyük paradır. Bu para ile bir ev veya araba almak, evlenmek bile mümkündür.

Amerika bu 21 suçsuz adamı Afganistan'a götürerek

dünya basınına, Pakistan'da yakalanan "Taliban teröristleri" diye sergiliyor. Suçsuz diyorum çünkü, bu güne kadar 21 kişinin hiç birinin suçu kanıtlanamadı. Bir müddet Afganistan' da tutuklu kalan Uygurlar, daha sonra Küba Guantanamo hapishanesine götürüldü ve dünyanın gözleri önünde açlığa, işkenceye, uykusuzluğa ve dayağa maruz kalarak işkence görmeye başladılar. Amerikalıların kendi işkencesi yetmediği gibi, Çin'den gelen polisler de Uygurları sorguladılar. Bu yöntem yalnız Uygurlara değil, Küba'nın Guantanamo hapishanesinde bulunan bütün Müslüman tutuklulara topluca yapılan işkencenin aynısıdır. Hapishaneden bir müddet sonra kurtulan bütün tutuklular, yukarıda anlatıldığı şekilde şiddete maruz kaldıklarını açıkladılar. Türk tutuklular arasında olan Almanya' da yaşayan, Murat Kurnaz'ı hem Türk, hem de Almanlar'ın yanı sıra Amerikalılar 5 yıl boyunca sorgulamışlar Her ülke kendi vatandaşını sorgulayıp Amerika'ya bilgi vermiştir.

Uygurlardan beşi, beş yıl hapishane hayatından sonra, suçsuz oldukları ve hiç bir şey bilmediklerinden dolayı, serbest bırakılmışlardır. Fakat Amerika'nın serbest bıraktığı bu beş kişiyi müracaat edilen 100 ülkeden hiç birisi kendi ülkesine almayı Çin'in baskılarına dayanarak Kabul etmemiştir. Bu beş kişiye Arnavutluk sahip çıkarak, onları ülkelerine almıştır.

Diğer 16 Uygur halen Guantama hapishanesindedir. Amerika istedikleri yere gidebileceklerini belirttiği halde, hiç kimse bu insanları ülkesine kabul etmiyor.

Orta Asya'da büyük rol oynayan Türkiye bile, 16 Uygur'a sahip çıkmıyor. Müslüman ülkeler arasında şüphesiz en demokratik olan Türkiye'nin bu tutumu, Kürt sorunu ile birbirine bağlanıyor. Oysa, Bu insanlara "İnsanlık ve merhamet" adına sahip çıkılması gerekiyor. Bu 16 insan nereye gitsin? Yeri yarıp altına mı girsinler? Bati Avrupa'nın tutumu da farksızdır. Dünyanın en ücra köşelerinde gösterdiği demokrasi ve insanlık anlayışını burada göstermiyor.

Adamlar bana, Doğu Türkistan'nın yaşanacak durumda olmadığını, maddi imkânı olanların göç ettiklerini anlattılar. Hatta birkaç tanıdıkları Pakistan'ın Peşavar şehrine göçmüşler. Bana Hotan'a da gidip gitmediğimi sordular. Gitmediğimi söyleyince, "Mutlaka gidin, armanınız kalmasın, (arzunuz kalmasın)" diye öneride bulundular. "Hayır, arzum kalsın, bir daha gelmem için bir sebep olsun." "Hotan'da da çok mu Çinli var?" diye sordum. Biri elini boğazına bir bıçak gibi dayayarak, "Gelenleri çok kestik, daha gelmiyorlar." dedi. Sonra diğeri söze karıştı: "Hotan Çin'in en fakir bölgelerinden biridir. Çinliler bütün Yade taşlannı tarlalardan toplayıp götürdüler. Biz de kazanc kaynağı olmadığından fazla göç yok."

Hotanlılarla anlaşarak çok net konuştuğuma sevindim. Uygurcayı tam öğrenmiştim. Bana Kaşgar' da anlattıkları gibi, Hotan lehçesi Türkçeye çok uzak değildi. Bilakis, diğer Uygur şehirlerinde konuşulmayan, Türkiye'de konuşulan bazı kelimeleri (misafir, lazım) ilk defa Hotanlıların ağzından duyuyordum. Bütün gece ranzalı otobüste uyudum. Sabahleyin Urumci'de uyandığımda terminale gelmiştik.

Urumci'de iki gün daha kaldıktan sonra bir günlük yorucu otobüs yolculuğuna Almaata'ya gitmek için bindim. Şehri daha çıkmamışık, yol kenarındaki bir tepenin önünden geçerken, gecekondu yıkılmaya yüz tutmuş sayısız evleri görünce elimde olmadan, yerimden fırladım ve evlere bakarak, "Allah'ım bu evlerin hali ne?"

Diyerek kendi kendime söylendim. Otobüsün Çinli

sahibi ve iki Uygur şoför, bana şüphe ile bakıp aralarında bir şeyler konuştular. Beni herhalde "Islami terörist" sandılar. Burada terörizm çok konuşuluyor. Belki ilk defa bir terörist olarak, beni görüyorlardı. Bir an çantalarımı alıp inmeyi buraların da resmini çekmeyi düşündüm. Sonra vazgeçtim. Şansımı fazla zorlamama gerek yoktu. Bu kadar yolu, kazasız belasız gidip geldikten sonra, Çinli otobüs sahibinin polislere telefon etmesiyle, bir casus diye tutuklanma riskini göze alamadım. Kurban bu evlerde oturmalıydı. Bana böyle bir tepede evlerinin olduğunu tarif etmişti. Zümrüt'ün beni buralara getirmediğine çok kızdım.

Almaata'ya kadar gidecek daha çok uzun yolumuz vardı. Yol boyu ara sıra ön tarafa sigara içmeye gidiyordum. Uygur şoförler benimle asla konuşmuyorlardı. Belki beni açıkça konuştuğum için kahraman, belki de onları işlerinden edebileceğim için casus diye görüyorlardı. Arada bir, üçü benim hakkımda bir şeyler konuşuyorlardı.

Akşama doğru ranzamda Kurban'ı düşündüm. Acaba şimdi ne yapıyor? Kurban'ı Çin ziyaretim sırasında tanımıştım. Kendisi bir Uygur'du ve bana tercümanlık yapmıştı. Bir gün ortalıktan kayıp oldu. Dört ay sonra haber aldığımda bir Çinli ile kavga yaptığı için, üç ay hapiste yattığını anlattı. Kurban'ı düşünürken Çinlilerin, Çin içlerinde ne kadar rahat ve mutlu yaşadıkları aklımdan geçti. Hiç birisinin ne bir şeyden korkusu vardı, nede sokaklarda mutsuz ve umutsuz dolaşıyorlardı. Fakat aynı ülke içinde Uygurların haline acımamak elde değildi. Kurbanla birlikte, Çin'de çok Uygurla tanışmıştım.

111

Şanghay

Çinliler Şanghay'ı iki kelime olarak telaffuz ediyorlar. Şang-hay, bu şehir Çin halk Cumhuriyetinin en büyük sanayi ve endüstri şehridir. Meşhur İngiliz yazan Aldous Huxley şehri 1920 yılında ziyaret ederken, "Dünyanın hiç bir yeri bu kadar fuhuş, kumar ve uyuşturucu batağına düşmemiştir" diye yazar. 1949 yılında komünistler, issizliğe, uyuşturucuya, suç örgütlerine, kumara ve fuhuş'a son verdiklerini açıklamıştılar. Oysa şehir komünistlerin yönetimi ele geçirmesinden önceki gibi, günümüzdede bir batakhane.

"Doğunun Paris'i, Asya'nın dünyaya açılan kapısına" zenginlik peşinde koşan, macera arayanlar 100 yıl önce olduğu gibi yine geliyorlar. Zenginlik peşinde koşan insanların arasına farkında olmadan ben de katıldım. Yaşadığım Almanya`da fotoğrafçı ve iş adamı olarak ara sıra reklam işleri yapıyordum. Genellikle kendi firmamiz ve tanıdıklar isteyince. Bana bir laminat makinası lazım oldu fiyatları çok pahalı 3 bin Euro civarındaydı. Interneti araştırırken karşıma Çin firmalarının reklamı çıktı. Bundan dolayı gidip hem gezip, hem de o makinayı orada görüp almak aklıma geldi. Bu güne kadar ne Çin ne de, Doğu Türklerini araştırmamıştım.

İstanbul'un 1989 yılında kardeş şehir ilan ettiği Şanghay'da yirmi milyon insan yaşıyor. İnsanın başına yabancı bir yerde her şey gelebilirdi. Nasıl giderim? diye düşünürken, aklıma Çin'de olan Uygur Türkleri geldi. „Nasibin Çin'de de olsa git ara" sözünü hatırladım. Bir Çin seyahat acentesine gittim, Şanghay'ya bir uçak bileti aldım.

Kışın ortasında bir Cumartesi günü Hamburg'dan uçağa bindim. Hamburg'tan yol uçakla 14 saat. Bu kadar uzun vakit uçmak her insanın sabır edeceği kadar kolay değil. Vakit geçmek bilmiyor. Şanghay Pudong Havaalanına indik hava alanı çok büyüktü. Bir ucu var, bir ucu yoktu. Binlerce insan her gün bu şehre gelip gidiyor. Üç ayrı belgeyi doldurup pasaport kontrolünden çıktık. Biraz para bozdurdum. Kâğıt paraların yanı sıra bir avuç dolusu çok küçük bakırdan hafif paralarda verdiler. Bir taksiciye, "Beni bir otele götürün." Dedim. Fakat taksici "Otel"in İngilizcesini bile bilmiyordu. Şoför arabadan indi, kendi kendine konuşarak gitti bir genç Çinli ile geri geldi. Çinli ön koltuğa, ben de arka koltuğa oturdum. "Ben sizi bir otele götüreceğim." dedi. Biraz İngilizce biliyordu. Taksi ile yeni kurulan, tren yolunun yanından geçip şehir merkezine doğru ilerledik. Hava alanı şehir merkezine 45 km. uzaklıktadır.

Güzel bir otele gittik. Çinli, müşteri getirdiği için otelden komisyonunu alıp, elimi sıkıp gitti. Böyle ayak üstü para kazanan insanlar buralarda kaynıyor. 22. katta bir oda verdiler oda muhteşemdi. Bütün Şanghay ve tarihi mahalleler ayaklarımın altındaydı. Pencereyi açıp dışarı baktım. Bu yükseklikte şehrin yalnız uğultusu duyuluyor. Eski Şanghay yeni yapılan binaların kurbanı olmuş. Yalnız benim kaldığım otelin iki yanında tarihi iki mahalle yıkılmamış. O mahallelerde koruma altında, restore edilecek. Eğer bu mahalleri görmesem Çine geldiğime inanmayacağım. Burası Çin değil, sanki Amerikan'ın New-York şehri.

Dinlenmeden kendimi sokağa attım. Benim için görülecek yerler eski Şanghay sokaklarıydı. Dar sokaklar, bir birine dayanmış küçük 1-2 katli evlerden oluşuyor. Bu evler, bir veya iki odalı. Alt kadarında küçük dükkânlar, restoranlar var. Öğle vakti olduğundan yollarda fazla insan yoktu, sokaklar sakindi. Bu sokaklar da bir Uygur Türkü bulmam gerekiyordu.

Biraz yürümüştüm sanki Allahın bir hikmeti küçük bir dükkânın önünde başında beyaz takke olan bir adam gördüm. Bu takkeyi yalnız Müslümanlar taktiği için adama doğru yürüdüm. Gerçekten bir Müslüman'dı. Bodrum katına inen bir küçük restoranda çalışıyordu. Restoranın üstünde bir cami resmi, Arapça ve Çince restoranın ismi yazılıydı. Burası normal bir restorandan çok, yemek satılan bir dükkânı andırıyordu. Dükkânın önünde büyük bir su kazanı kaynıyordu. Kazanın başında beyaz takkeli adam elinde bir parça hamuru, incelterek yontup suya atıyordu. İçeri girdim. Birkaç adam oturuyorlardı. "Es selamın Aleyküm." "Ayeküm selam." "Siz Uygur musunuz?" Yüzüme bakıp gülümsediler. "Siz Uygur musunuz?" Diye tekrarladım. Ne dediğimi anlamadılar. Yüzüme gülümsemeye devam ettiler. Oturdum. "Çay var mı?"

Çay kelimesi, Çince de çay çayı anladılar. Bir yeşil çay getirdiler. Birkaç plastik masa ve sandalyeden oluşan küçük dükkânda Önümde bir Çinli çubuklarla yemek yiyordu. Uzun makarnaların bir ucunu ağzına tutuşturmuş nefesiye, çekerek yiyordu. Kıtlıktan çıkmış gibi ağzıyla şapurtulu sesler çıkartıyordu. Adamın yemek yiyişini süzdüğümü anlayınca utandı yavaş yemeğe başladı. Anladım. Bunlar Türkce bilmiyor. Bunlar "Huyi" İslamiyet dünyaya ya yılmaya başladığı ilk zamanlar, doğu Asya topraklarına da tohumlarım serpmiş, günümüz de Çin de yaşayan Müslümanların sayısı 18-20 milyona ulaşmıştır.

Giderken masaya cebinimdeki demir bozuk paraları çay için bıraktım dışarı çıkıp birkaç metre yürümüştüm, kısa boylu ufak, defek bir adam arkamdan koşarak geldi çay parasını avucuma döktü. Bir şeyler söyleyip gitti. Çin de çaya para almak ayıp sayılıyormuş.

114

Kısa bir mesafe gitmiştim. Bir dükkânın önündeki mangada bir adam şiş kebap pişiriyordu. Kebapçının yüzü biraz Türklere benziyordu. Herhalde Uygurları buldum diye heyecanla yürüdüm. Üstünde Arapça, Çince ve Latin harflerle "Al-rıza Sincan helal kebap" yazan bir kebapçı dükkanıydı. İçeri girdim selam verdim. Bir masada üç kişi, bir kişi de yan masada tek başına oturuyordu. "Siz Doğu Türkisanlı mısınız? " "Sincan, Sincan" diye cevap verdiler. Üç adamın da korkudan renkleri değişti. Çin'de "Doğu Türkistan" demek yasakmış. Beni her halde Çin polisi veya casusu sandılar. Yalnız oturan adama "Siz Uygur musunuz? " "Evet. Ben Uygur'um." "Sen nerelisin?" "Ben Türküm. " "Ben de Türküm." Dedi. Bunun üzerine orada oturanlar ellerini kalplerinin üstüne götürüp "biz Türküz" dediler. Hepimizin o an kanı bir birine kaynadı yüzlerinde bir gülümseme oldu çay geldi kendilerini tanıştırdılar bir anda bir aile olduk. Adını Kurban diye tanıtana sordum. "Bana bir tercüman gerekli yardımcı olur musunuz?" "Evet olurum." Bir çay verdiler içtim dışarı çıktık. Kurbanla yolda sohbet ederek yürüdük. Kendisi hakkında biraz anlattı. İki oğlu varmış, birisi Urumci'de annesi ile yaşıyor. Birisi hanımı ile yanında. Babası vefat etmiş. Küçük bir restorantı varmış satmış, şimdi işsiz ve çok vakti vardı. Çok fazla yol gitmemiştik. "Yoruldum." dedi. Bir merdivene oturdu. "Doktor Şevket, beni doktor şevket kurtardı. Karaciğerimin yarısı yok beni ameliyat etti iyileştim ama çabuk yoruluyorum." dedi. 1,3 milyarlık bir devletin içinde kendi dilimizi konuşan ve bizim milleten bir adamı ulu Tanrı karşıma dikmişti. "Tanrım sen nelere kadirsin."

Kurbanla şehri o gün epeyce gezdik. Şanghay'ın Yolları, sokakları oldukça düzenli kurulmuş. Fakat şehrin, kendine özgü bir karakteri, ruhu yok. Yüksek binalardan oluşan, can sıkıcı, insanı coşturmayan, renklerin, kokuların birbirine karışmadığı, gri, beton yığını bir şehir. Sokarlarda yürürken, yirmi milyon insanın bu şehirde yaşadığına inanmak zor geldi. Binalar o kadar intizamlı, sıraya, düzenli kurulmuş ki, insan buranın üç beş milyondan fazla olduğuna inanamıyor.

Bir gündür yollardaydım, karnım acıkmıştı, bir Uygur restoranına gittik, içerisi mis gibi tandırda pişen taze pide kokuyordu. Uygur müziği, şiş kebapların ocaktan yükselen dumanı, orada bulunan Uygurların bana gösterdikleri sıçaklık ve misafirperverlik bütün yorgunluğumu, evimden binlerce kilometre uzaklıkta olduğumu unutturmuştu. Restoranın duvarlarında Doğu Türkistan'dan resimler asılıydı. Kurutulmuş çok büyük kabaklarının üzerine resimler çizip süs olarak pencerelerin önünde koymuşlardı. Bu büyük kabaklar orada su kabı olarak kullanılıyor her şey ilgimi çekiyordu.

Az da olsa Uygurlar, memleketlerinden 5000 km uzaklıkta böylece vatan özlemlerini gideriyorlardı. Bir köşede iki tane ilgimi çeken taş gördüm. Bu taşlar bir ağaca benziyordu. İsmine "Kağaç taşı" (ağaç taşı) diyorlar. Her birisinin 7000,- Euro civarında olduğunu söylediler. İki taşın parası ile iki yeni araba satın almak mümkündü. Bu kadar servet, taşa dönüşmüş olarak, iki köşede süs olarak duruyordu. Restorandaki, Uygurlarla biraz sohbet ettim, birbirimize kanımız kaynamıştı. Hepsi çok çekingen, efendi insanlardı. Bana "siz" diye hitap ediyorlardı. Bir arabayla otele geldik. Kurban beni bırakıp evine yürüyerek gitti. Evi otelin çok yakınındaydı. Ertesi gün erkenden buluştuk. "Önce bir çay içelim." dedim.

Yakınımızda olan Uygur kebapçısına gittik. Çayın yanında

şeker yoktu. Çalışan kadını bal almaya gönderdik. Bir bakkaldan bal alıp geldi. Bal mı? Eritilmiş şeker veya her hangi tatlı bir şey mi? ben çıkartamadım. Baldan başka her şeyin tadı vardı. "Bu bal sahte" dedim. Gülüştük. Bir gün sonra sabahın erken saatlerinde makina satan fabrikayı ziyaret etmek için, koşarak otobüse yetiştik. O gün 300 km uzaklıkta olan Hangzhou şehrine gitmeye karar vermiştik. Kurban siyah tüylü güzel bir kürk giyinmişti. Hızlı adımlarla yürürken, "Kürkün ne güzel" Utanarak, "Sahte " dedi. Gülümsedim. "Bunu öğrenmek istememiştim."

Otobüste yetiştik, yol boyu sanki Çinlilerin ağzı var dili yoktu kimse konuşmuyordu. Otobüsün içine küçük bir tuvalet yapmışlar. Biz de tuvaletin tam giriş kapısının önünde oturduk. Kapı açılıp kapandıkça bütün pis koku bize geliyordu. Bir saate Şanghay'yı çıkamadık. Üç dört saat sonra, Hangzhou'ya geldik.

7 milyonluk, smoklu, hava kirliliğinin gözle görülüp, his edildiği, gri, renksiz bir şehirdi. Şanghay'la kıyaslayacak olursak Şanghay bir güneş Hangzou büyük bir köydü.

Taksi şoförümüz bir kadındı. Beyaz eldivenleri ile ustaca direksiyonu çeviriyor, yaptığı işin çok önemli olduğu havasını vermeye çalışıyordu. Burada ki ve Şanghay'daki bindiğimiz bütün taksilerde şoför koltuğu demir ve plastikle bir kafese alınmış. Arkadan veya yandan birisinin bir bıçak çekip şoförü tehdit etmesi mümkün değil. Bu şekilde silahlı saldırganlara karşı önlem almışlar. Fabrikanın kapısında kısa boylu zayıf bir kadın bizi bekliyordu. İkinci kata bizi çıkardı. Hemen plastik bardaklarda, yeşil çaylar geldi. "Kahve yok mu?" Çok üzülerek, "Yok" Dedi. Ziyaretten sonra kadın bizi yemeğe götürdü. Fabrikanın hemen yanında eski bir restorandı.

Yemekleri, "Siz seçin. Dediler. Ben helal olduğu için balık sipariş verdim. Onlarda yemekler beğendiler. Kurban bir sebze yemeği aldı. "Bunların yemeği haram, aynı kazanlarda köpek de, kedi de pişiriyorlar, ben et yemem." Dedi.

Masanın üzerinde dönen yuvarlak bir tablet vardı. Yemekler bu tabletin üzerine konuluyor. Masada oturanlar tableti çevirerek her çeşit yemekten biraz alıp kendi tabaklarına koyuyorlar. Etrafımı, orada olan insanları incelerken, yemekler geldi. Balığı kendi önüme çekince gülüştüler. "Niye gülüşüştünüz?" "Bizde misafir yemeği seçer, fakat yemek ortada durur herkes o yemekten yer." diye açıkladılar. Biraz mahcup olmuştum. Baliği zorla benim önüme sürdüler. "Siz yiyin, misafirsiniz."

İştahım bir anda kaçmıştı utandım. Çatal bıçak yok, çubuklarla yemek yiyeceğiz. Denediğim halde çubuklarla yiyemedim. Garson bir çatal getirdi. Ben yine çubuklarla yemeğe uğraştım. Masaya gaz yağı ile yanan küçük ocak koydular. Ocağın üstüne küçük bir kazan, kazanın içinde tavuk eti, üstünde taze yeşillik vardı. Kazan kaynıyordu. Yeşilliği ustaca yanımızda oturan, Vang karıştırdı, içinden parça parça tavukları alıp önceden içine pirinç doldurduğu küçük tabağına koydu. Bu yemekten de almamı işaret etti kendisine teşekkür etim. Vang Çubuklarını tekrar kazana daldırdı, çubukların ucunda tavuğun uzun kuru ayağı çıktı. Burada hiç bir şeyi israf etmiyorlar, hayvanın her organını yiyorlar. Yemekten sonra tatlı olarak, şeker kamışı getirdiler. Ağızda çiğnenip tatlı suyu çıkartılıyor.

Şanghay'a doğru geri yola çıktık. Otobüs giderken de tam doluydu. Bu bölge Sarı Deniz ve Doğu Çin denizinin olduğu, Doğu Asya'nın en kalabalık yerleşim bölgesi. Yüz milyonlarca insan bu bölgede yaşıyor. Otobüsler, trenler insanlara yetmiyor, boş yer bulmak için önceden yer ayırtmak gerekiyor. Günün verdiği yorgunluktan yolda uykuya daldım. Uyandığımda ter, kan içinde kalmışım. Otobüste nefes alınmıyordu. Hiç kimse de şoförü camları veya havalandırmayı açması için ikaz etmiyordu.

Ertesi gün Kurban'la yine buluştuk. Çarşıyı gezmeye çıktık. Yolda bir Amerikan restoranı gördük, gidip kahve içtik. Kurban ilk defa ömründe benimle kahve içiyordu. Bize hizmet eden kız bir yabancının kendisi ile İngilizce konuştuğuna sevindi, benimle sohbet etmeğe başladı. Çinliler İngilizce öğrenmeye çok meraklılar, yabancılarla sohbet etmeyi çok seviyorlar. Büyük bir aliş veriş merkezinin yanından geçerken yüzlerce insan içeri girip çıkıyordu. Bu şehrin yirmi milyon olduğunu şimdi görüyordum. Resmi olarak Şanghay'ın nüfusu 14 milyon. 5-6 milyonu kaçak olarak şehirde yaşıyor. Bir yere kayıtlı değiller.

Aliş veriş merkezinin önünde peşimize çok sayıda satıcı takıldı. Yakaladıkları müşterileri, bir dükkana sürükleyip bir şeyler satıp komisyon alan insanlar. Birinden kurtuluyor, diğerine yakalanıyorduk. Zayıf, kısa boylu bir kadın peşimizi bırakmadı, büyük ısrarlarla bizi içeri soktu. Mağazalarla anlaşmalı çalışıyordu. En yeni çıkan, filmler, en pahalı kol saatleri, deri çantalar, parfümler her şeyin sahtesi vardı. Hepsi orijinalinin binde bir fiyatınaydı.

Fakat hiç bir yerden bir şey almadık. Kadın mal satabilmek için arkamızdan gelmeye devam etti. Elinden kurtulmak için en sonunda bir çift ayakkabı alalım. Dedim. Bir kaç dükkânı dolaştık, hiç birinde 44 numara ayakkabı yoktu. 42 numara en büyüğüydü. Son çare olarak birkaç sahte Rolex marka kol saati satın alıp kadından kurtulduk.

Şanghay da, değişik iş dallarının kullanıldığı pasajlar var. Saatçiler pasajı, telefoncular, bilgisayarcılar, fotoğrafçılar. Bir fotoğrafçılar pasajına gittik. Bana iki stüdyo ışığı lazımdı. Alman Multibilitz, Gossen ve Japon Silk şirketlerinin mallarının kopyasını üretmişler. Satıcı kadın bize bu malları gösterip kopya olduğunu söyleyip gülüyordu fiyatları orijinalinin onda, biriydi.

İki lamba satın aldık. Fakat cebimde yeterince Çin parası yoktu Euro verdim kadın almadı. "Banka da bozdurup getirelim." Kabul etti. Baktım o da bizimle bankaya geliyor. Geri gelmeyiz endişesi ile bizimle belki yirmi dakika yaya yol yürüdü. Banka da sıra beklerken 50 yaşlarında bir adam, "Ne kadar para bozduracaksan, ben bozayım." Dedi. Bankanın verdiği kurdan yüzde 20 daha fazlaya. Üstelik bankanın içerisinde bir bekçi dolaşıyordu. Bir bekçiye bakıyorum bir adama, bir Kurban'a bir de kadına. Belki, kaçak para bozdurmak burada yasaktır. Ama onlarda bir şey bilmiyorlar. Her halde bankadakiler bekçi ile beraber çalışıyorlar diye düşündüm. Adam benden parayı almak için her türlü gayreti gösterdi. Sıra bana gelmişti, kredi kartını veznedara uzattı.

"Ne kadar lazım söyle, parayı veznedar sana versin." Miktarını söyledim vezneden parayı aldım. Adama Euroları verdim. Kaçak bozdurduğumuz için iki günlük cep harçlığımız havadan gelmişti.

Çin de döviz büroları yok. Pasaport olmadan döviz alım satışı bankalar yapmıyor. Kadınla tekrar dükkâna döndük lambaları alıp kurbanın koruma altına alınan tarihi mahalledeki evine bıraktık. Şanghay'ın ortasından "Sucu" nehri akıyor.

Nehirde bir gemi gezintisine çıktık. Biz Gemide iken sahilde 5 beyaz takkeli adam yürüyordu. Uzaktan kara kafaların içinde Müslüman oldukları belliydi. Kurban'a, "Bak, bizim Uygurlar gidiyorlar. " "Hayır, onlar Tungan. Kansu'lu Müslümanlar lakin onlar sahte Müslüman hakiki Müslüman Uygurlar" dedi.

Gemide Çinli bir çift vardı resim çekiyorlardı. Bizimle beraber iki de Arap gemiye binmişti. Çinli adam yanındaki kadını iki Arap'ın ortasına durdurup resimlerini çekti. Sonra kadının resmini seninle çekebilir miyim? Diye bana işaret etti. Ben de başımla evet işareti verdim. Kadın geldi yanımda durdu adam fotoğrafımızı çekti. Başını bir kaç defa eğip kaldırarak, Teşekkür edip gitti. Kurban'a "Ben bir şey anlamadım bu nedir? Adam yabancı birisi ile hanımının resmini çeker mi?" "Ben de anlamadım." Dedi. Şanghay'ın biraz dışına bir ırmak kenarına gittik. Uygurların işlettiği, Şanghay'daki üç bin Uygur'un helal et ihtiyacını karşılamak için bir kasaphane açmışlar. Oradan helal kuzu eti satın aldık. Kasaphane kirli bir ırmağın kıyısındaydı. Sakin yollarda sohbet ederek yürüyorduk. Çok sayıda balıkçı tekneleri ve bir de küçük balık pazarı vardı. Çinli kadınlar yere serdikleri muşambalarının üzerinde yakaladıkları balıkları sermişlerdi. Fiyatlarını sorduk. Balık burada çok pahalıydı, satış yarım kg. üzerinden yapılıyordu.

Tenha yollarda sohbet ederek yürürken beş altı Çinli genç, kabadayı gibi üstümüze doğru geliyordu. Kurban biraz ürktü. Onu sağ tarafıma aldım. "Korkma, gelecekleri varsa görecekleri de var." Yanımızdan geçip gittiler.

Sekiz gün sonra, ayrılık zamanı gelmişti. Güzel bir veda yemeği yemeğe karar verdik, Kurban'a ördek yemek istediğimi söyledim. Çinlilerin Pekin ördeği çok meşhurdur. "Hayır olamaz. Haram, onlar ördeği boğarak öldürüyorlar kanı hiç akmıyor, onu yiyemeyiz." "Nereye gidelim?" "Bizim Uygurlara" "Ben kebaptan bıktım, başka bir yere gidelim." "O zaman helal olarak balık var."

Akşama balıkçı restoranına giderken işçilerin paydos saatine rastlamıştık. Sanki dağların yatağından çıkıp, coşup akan seller geliyordu. Milyonlarca insan. Bisikletlerin zil, motorların, arabaların koma sesleri, gürültüsü insani sağır ediyordu. Bu insanlar ne yiyor, ne içiyor? Birbirlerini nasıl buluyorlar? Doğrusu böyle bir şehirde yasamak istemezdim. Gittiğimiz restoran harikaydı. Alt katında çok büyük bir akvaryum vardı. Envai çeşit süs balıkları içinde yüzüyordu.

Oturduktan sonra bir torbanın içinde aşçı iki büyük balık getirip gösterdi. Tazeliğine biz karar verecektik, ikimizde balıktan anladığımız yoktu. "Tamam iyi" dedik. Yemek yerken Kurban niçin memleketinden bu kadar uzaklara geldiğini anlattı. "Urimci`de para yüzü görmedim, Şanghay'ya geldikten sonra kardeşime masraflı bir düğün yaptım, babamız yok, kardeşim para kazanamıyor. Burada Urimci'ye göre çok daha iyi yaşıyoruz. Biraz para biriktirebilsek döneceğiz."

Bütün işlerim iyi gitmişti, güzel bir gece geçirdik. Beni evine çay içmeye davet etti, çekindim gitmedim. Yarın Almanya`ya uçacaktım erkenden buluşmak üzere ayrıldık.

Saat daha erkendi uykum yoktu, o gün kendimize güzel iki takım siyah elbise almıştık. Odama çıkıp yeni takım elbiselerimi giyidim. Çok şık bir şekilde aşağı indim. Sokaklar da biraz yürüdüm. Çöpçüler gündüz sokağa atılan tonlarca çöpleri topluyorlardı. insanlar evlerine dinlenmeye çekilmişti. Bir birahane veya kahvehanenin önünden dalgın dalgın yürürken bir adam, "Gelin, gelin" diyerek beni içeri çağırdı.

Düşünmeden girdim. Beni bir boş odaya geçirdiler. Oturur, oturmaz dört kız geldi. İkisi bir tarafıma, ikisi de öbür tarafıma oturdular. Ben ne olduğunu hemen anladım. Bunlar beni tuzağa düşürüp, bütün paramı alacaklardı. Hemen dört garson geldi. Her birisinin elinde bir tepsi, her tepside içi buz ve bir yudum içki olan on bardak, bardakları kızlarının önüne yığdılar. Kızlar bir bardaktan, bir bardağa, bir yudum içkiyi boşaltarak, on bardaktan bir bardak içki çıkartılar.

"Durun, durun ben gazeteciyim. İş adamı değilim." Dedim. Kızlardan birisi ne dediğimi anladı. "Gazeteci? "Aralarında konuştular hepsi kalktı gitti. İki zayıf uzun boylu genç adam ellerinde fatura ile geldiler. "7000,- Yuen (700,- Euro.) vereceksiniz." İtiraz ettim. "Benim bir Kahvem var. Sizin istediğiniz para sekiz yüz kahve parası, ben sekiz yüz kahveyi nasıl içitim?" "Bu kızları ben çağırmadım, kendileri geldiler." "Hayır, Sen bu parayı vereceksin." "Ben iş adamı değilim, turist değilim. Yalnız bir gazeteciyim." Dedim. Ama onlar için önemli değildi. "Polise telefon edeceğim." "Edebilirsin." Gülümsediler. "Polis bizim adamımız." "Kurban'a telefon açarsam polislerle gelir, beni bunlardan kurtarır." diye düşündüm. Fakat telefonumu otelde bırakmıştım. Sinirden ve heyecandan ağzım kurumuştu. Beni tehdit ediyorlardı.

"Biz Çin mafyasıyız, bizde tabanca var. "Ben de Türk mafyasıyım." Dedim. "İstediğiniz parayı verir, 200 dolara bir tabanca alır, geri gelirim hesaplaşırız." Birisi, "200 dolar bir tabancaya çok biz de bir tabanca 100 dolar." Utanmadan da gülümsüyorlardı. "Hem senin Türk mafyası olman bir işe yaramaz. Burası bizim memleketimiz. "Benden para alamayacaklarını anlayınca, akıllarına şeflerine haber vermek geldi. Birisi, "Şefler gelip karar verecek, onlar gelmeden gidemezsin." Dedi.

123

Ancak kendi kendimi kurtarabilirdim. Ya bunlarla kavga edip kurtulacaktım, ya da parayı verecektim. Kavga yapmaya karar verdim. Kendimi çıkacak olan kavgaya hazırladım. Açık olan ayakkabı bağlarımı bağladım, kendimi sakinleştirdim. Şeflerinin gelmesini beklerken bugün Kurban'la, elbiseleri alırken yaşadıklarım gözümün önüne geldi.

Çok gülmüştük, bir mağazanın önünden geçerken, kestane satan bir satıcı gördük. Bir seyyar yiyecek satış arabasının, içersine büyük bir kazan yerleştirmiştiler, kazanın içi siyah iri çakıl taşlarıyla doluydu. Önceden kaynattıkları kestaneleri, kumun içerisine gömmüşler, kazanın altında gazyağı ile yanan bir ocak vardı. Ocak kumları ısıtıyor, böylece kestaneler sıcak kalıyordu. Bir küçük torba almıştık, ufak ve yuvarlaktılar hiç tadı yoktu.

Önünde durduğumuz mağazadan bir kadın bizi mal satmak için içeri soktu. Elimizde ki bütün kestaneleri orada çalışan beş, altı kadın yedi. Bir şeyler anlatıp gülüşüyorlardı. Birisini bana gösterip onunla seni evlendirelim diye işaret yapıyordu birisi. Başka maskara bir kadında, gösterdikleri kadın hamileymiş gibi yürüyüp benim onu hamile bıraktığımı işaret ediyordu. Çok neşelenmiştik. İki takım elbise, birkaç gömlek alıp mağazadan çıkmıştık. Kurban bana, "Kadınlar, seni çok beğendi birisini niye almadın?" Diye şakalaşmıştı. Fakat kadınlar iyi tüccardılar.

Şimdi bu elbiselerle bir eşkıya çetesinin eline düşmüştüm. Kapı açıldı, şefleri geldi iki kısa boylu zayıf adam. Dört adamla aynı tartışma yine başladı. Bunlar benden bir şey alamayacaklarını anlayınca, "Kahvenin parasını ver git."

Dediler. Başı dik kızların önünden yürüyüp gittim. Odama geldim o gece uyuyamadım. Saat yedide telefon çaldı. Kurban'dı. Beni uğurlamaya gelmişti. Hava alanına giderken gece olanları anlattım. "Biz ne konuştuk? Bensiz bir yere gitmeyecektin. İyi ki başına bir şey gelmemiş. "Bir hafta da iki kardeş ve dost olmuştuk "Huda'ya emanet bol. (Allaha emanet ol)" diyerek beni yolcu etti.

İki ay sonra yine Şanghay'ya gittim bu sefer benim reklam işleri için başka malzemler lazım oldu. Önceden kaldığım otele gitmek için bir taksiye bindim. Adresi cebimdeydi. Taksici "iki araba, iki araba" diye bir şeyler söylemeye çalışıyordu, ne demek istediğini anlamadım. Biraz yol gitmiştik, bir inşaatın yanında durdu. Beni başka bir arabaya bindirdiler. "Bu seni götüreçek." dedi. Şoföre biraz para verdi. Normal tarifenin üç katını da benden istiyordu. Ben yolun ne kadar tutuğunu artık öğrenmiştim. Normal tarifeyi verdim kabul etti meseleyi anladım. Korsan taksicilik yapanlarla, resmi çalışanların ortasına düşmüştüm. Hava alanından yolcu alan, taksiler resmi plakalı, bu taksiler fazla vakit kayıp etmemek için yolcuları alıyor, ortaklaşa çalıştığı korsan taksiciye yolcuları yakın bir yerde devredip, yeniden hava alanına dönüp sıraya giriyordu. Böylece havaalanında her zaman uzak yola giden müşteri buluyorlardı. Şehir için de taksi tarifeleri çok ucuz asıl para hava alanını müşterilerindeydi.

Otelime geldim. Bu defa biraz daha küçük bir oda aldım. Kurban'a telefon açtım akşama hanımı ile geldi. Ben gelmeden hafifçe ağarmaya başlayan saçlarını siyaha boyatmıştı. Hanımı çok güzel İpek atlas'tan bir elbise giyinmişti beni yemeğe götürdüler. Kurban şoför olarak is bulmuş çalışıyordu fazla vakti yoktu. Hangzhou'daki aynı fabrikaya erkenden gitmeyi kararlaştırdık gitmeden fabrikaya telefon açtık bizi bekliyorlardı.

Kurban öğlene doğru geldi. İzin alamamış. Otobüsle gitsek fabrika kapanmadan yetişemeyecektik. Burada şehirlerarası yolcu taşıyan korsan taksiler var. Böyle bir taksi bulup çok ucuz bir fiyata anlaştık.

Şanghay'dan, Hangzhou'ya sanki uçarak gittik. Şoförümüz geniş güzel otoyolda 300 kilometrelik yolu saat de 180 km hızla gitti. Bu hız aslında Almanya'da çok değil. Fakat bu bölgenin trafiğinde bir rekordu. Şoför bütün yolu durmak için kullanılan sağ şeritten gitti. Ne trafik polisinden korkuyordu, ne de kaza yapmaktan. Hanımı da ön taraf da onunla oturuyordu. Bu karı koca bir ruh, bir beden olmuşlardı. Kadın kocasının sigarasını ağzından alıp külünü kül tabağına döküp, sonra ağzına tutuşturuyor, Sigarsı bittiği zaman izmaritini ağzından alıp camdan dışarı atıyor, yeni sigara yakıp yine ağzına tutuşturuyordu. Adam Çinlilere göre epey uzun boylu, kadın kısa ve biraz şişmandı. Kadının gözü devamlı adamın yüzündeydi.

Hangzhaou'ya gelince, şoför sık, sık fabrikaya telefon açıyor adresi tekrarlatıyordu. Çin'de en az 11 dil konuşuluyor. Çiniler resmi olarak bunların lehçe olduğunu açıklıyor. Fakat Avrupalı dil uzmanları bunların lehçe değil tamamen kendi başlarına diller olduğunu belirtiyorlar. Bu diller yine kendi aralarında sayısız lehçeye bölünüyor.

Şanghay ile Hangzhou arasında bu kadar kısa yol olmasına rağmen aynı dilde anlaşamıyorlardı. Yalnız ortaklaşa yazılan "Mandarin" (Pekin'de konuşulan lehçeyi) okuyup anlaşmaları mümkün. Benle Kurban'nın bu kadar uzak mesafede olmamıza rağmen, aynı dili konuştuğumuzu bilselerdi herhalde dillerini yutarlardı. Kurban bu bölgenin lehçesini Çinli'den daha iyi biliyordu telefonu aldı o konuştu. Nihayet fabrikayı bulduk, işimiz bittikten sonra, gece yarısı Şanghay'ye döndük.

Şanghay'da büro makinelerinin satıldığı bir aliş veriş merkezine girdik ürünlere bakıyorduk. Dükkanın sahibi adam bize çay getirdi sandım. Bir yudum içtim sıcak suydu çay değildi. Çinliler gündüz ılık su, akşamları çay içiyorlar. Adamın küçük dükkânında ufak kızı bir kartona girip, çıkıp oynuyordu. Adamın zahmetlerine karşı, kızının eline biraz para verdim. Kabul etmedi çok teşekkür ettim. Kurban, "Bunlar para almaz." dedi. Akşama Kurbanla vedalaşıp ayrıldık fakat Kurban o günden sonra ortadan yok oldu. Telefonlarım cevapsız kalmıştı, evinin telefonu da almamıştım, yeni bir eve taşınmıştı.

Şanghay'ın sokaklarını yalnız dolaşmaya başladım. Yemeğe devamlı Uygur kebapçısına gidiyordum. Kebapçı çok kalabalık sesli bir Caddedeydi. Geceleri cadde, neon ışıkları içerisinde gündüz gibi aydınlanıyordu. Yolun iki tarafında çok sayıda restoran ve dükkânlar vardı. Bu dükkânların arasında çok sayıda sözde ayak gevşetmesi yapan, genç kızlann çalıştığı dükkânlar vardı. Dükkânların önünden geçerken, "Fod masaj, fod masaj" (ayak ovma, ayak ovma) diyen genç kızlar, yoldan geçen yabancıları içeri çağırıyorlar. İçeri girdikten sonra ayak masajı ile başlayan, iş yatakta bitiyor, müşteriyi soyup soğana çevirip bırakıyorlar. Günde, iki üç defa yemeğe giderken bu kızların tuzağına düşmemek için kendimle mücadele ediyordum.

Yine Az-rıza kebapçısına geldim. Aşırı şişman sahibi, arka çebine soktuğu Kaşgar yapımı bıçakla oturuyor, elinde bir şiş kebap yiyordu. Başında yünlü bir papak olan yaşlı bir adam da küçük dar dükkânda oturuyordu. Yaşlı adamla selâmlaştık. "Siz nerelsiniz? " "Ben Türküm." "Biz de Türküz." Dedi. Biraz sohbet ettik, bana hayatından çocuklarından anlattı. "Biz Kaşgarlıyız. burası benim damadımın. Başıyla şişman adamı gösterdi. "Siz Kaşgar'a gittiniz mi?" "Hayır gitmedim." "Mutlaka gidin. Mahmut Kaşgari'nin Türbesi orada, Kaşgar'a Şanghay'dan her gün uçak var. Önce Urumci'ye oradan da Kaşgar'a toplam yedi saat de uçarsınız. Otobüs ve trenle de gitmek mümkün, fakat yol iki üç gün sürüyor." "Şimdi vaktim yok, Allah nasip ederse bir gün gideceğim. Zaten Doğu Türkistan'a gitmek benim eski hayalim." Dedim.

Dünyanın belki en görkemli ve üçüncü yüksek televizyon kulesi Şanghay'dadır. Bu kule olduğumuz yere çok yakındı. Kuleye doğru yürüyerek gittim. Yolda iki tane ilgimi çeken 30 yaşları civarında dilenci gördüm. Bunların iki elleri de bileklerinden dilendirilmek için kesilmişti. Hiç birisine para vermedim. Bir dilenciye, Çin'de para verilince, birden onu daha geliyor. Dilenciler bir birlerini gözetliyor bir yığın dilencinin elinden kurtulmak zor insanın etrafını sarıyorlar. "Bu kadar insana para mı yeter, banka olsa yetmez." bu sözleri bana Kurban söylemişti. İki defa böyle bir gurup dilencinden kaçarak kurtulmuştuk. Asansörle kuleye çıktım. Binlerce insan günde bu kuleye çıkıp şehri izliyor.

Televizyon kulesinin çok yakınına dünyanın en yüksek binası kuruluyor. Ben oradayken inşaatı bitmek üzereydi. Akşam saatleri başlamıştı. Güzel bir binadan sayısız Afrikalıların çıktığını izledim. Hepsi takım elbiseli, kravatlı ellerinde çantalar vardı. Bu binada Afrikalılar için kurultay yapılıyordu. Avrupalı sömürge ülkelerinin, Afrika kıtasını terk etmesinden sonra, Afrika 'nın yeni beyleri Çinliler olmuştu. Afrika'ya yerleşen ve orada yaşayan Çinlilerin sayısı 400 bini aşmış durumda. Çinli bir çiftçinin Afrika'da ki yıllık kazancı, Çin'den 5 kat daha fazla. Avrupalılar, Afrika kıtasını terk ederken, o zamanın ekonomistleri Afrika'nın ekonomisinin büyüyeceğini, Çinlilerin ise açlık sınırında yaşayacağını yazmışlar. Oysa tam tersi oldu. Çin bütçesi Almanya'nın bütçesini geçmek üzere, Afrikalılar açlık seviyesinde. Bu gelişmenin sebebini bu fikirleri yürütenlerde tam bilmiyor. Çinliler Afrika'dan petrol, Gaz, bakır ve her türlü yeraltı madenlerini getiriyorlar. Karşılığında otoyol, hastahane, demir yolları kuruyorlar. Oysa Çinliler sanayileşmeye yetmişli yılların sonlarında kablo, elektrikli ev alatlerini batılıların lisansı ile üretmeye başlamışlardı.

İnsan kaynaklarının çok ve ucuz oluşu, Yuan'ın dolar karşısında düşük kurda tutularak, export mallarının ucuza ihraç edilmesiyle bu kalkınma sağlandı. Çin malları yalnız ucuz fiyatlarla bütün dünya pazarlamada alıcı buluyor. Tüm bu gelişmelere rağmen Çin halkı kalabalık olduğu kadar da çaresizdir. Dünyanın her yerinde bir kişinin yaptığı işi, Çin'de üç beş kişi yapıyor.

Otclime geldim televizyonu açtım Çinlierin, izleyicileri sayısız renk, ses, grafik ve yazılara sinir hastası eden reklamlarını odamda izledim. Kanalları karıştırırken bir kanalda Uygurları gördüm. Uygurlar ile Çinlilerin 1950'li yıllardaki mücadelesini anlatıyordu. Filmde Gülnar isimli saçları kapalı, bir kadın vardı. Onun ismini anlıyordum. Bu filmi çok merak ettim. Filmi görünce kendimi vatanımda hissettim. Türk milletlerinin filmi bile insana yâd ellerde hoş geliyor.

Bir süre sonra film bitti bir dizi filmdi. Yatağıma uyumak için uzandım Her gece olduğu gibi bu gecede odamın telefonu çaldı. Çinli bir erkek, "Masaj lazım mı?" Diye soruyordu. Lazım değildi telefonu kapattım.

129

Günlerden perşembeydi. Dönüş biletim o güneydi ben Kurban'ın başına bir şey geldiğinden emindim. Beni yalnız bırakmazdı. Birkaç gün beklemeye karar verdim. Havaalanına telefon açtım, uçuş tarihini ertelemeleri mümkün değilmiş.

Uçak bensiz uçup gitti. Öğlenden sonra yine Uygur kebapçısına gittim. Yalnız kalmak zordur, üç Bangladeşli ile tanıştım. Onlar gıda hammaddesi satıyorlardı. Uygur kebapçısının üstünde Arapça "helal" yazısını okuyunca buraya girmişler. Anlaşılan burası başka ülkelerden gelen Müslümanların buluşma noktasıydı.

Yalnız başıma Şanghay sokaklarını dolaşırken, buraya da alışmaya başladım yabancılık çekmiyordum. Fakat sohbet etmeye kimse olmayınca insanin canı sıkılıyor. Bir berber dükkânının önünden geçerken, Saçlanmı kestirmeye karar verdim. Dükkânda kadınlar ve erkekler, yan yana oturup saçlarını kestiriyorlardı. Bir genç adam saçlarımı keserken, yan koltuktaki bir Çinli kız da saçlarını yaptırıyordu. Bir yumruğunu çenesinin altına koyup beni süzüyordu. "Nerden geldiniz?" "Almanya'dan." Beni izlemeye devam etti bir süre sonra nazlanarak başını yan tarafa çevirdi. "Ben Amerika'ya gitmek istiyorum." Dedi. Biraz İngilizce öğrenmişti bütün Asya' da insanların hayali Amerika' ya gitmektir. Saçlarımın kesim işi bittikten sonra, bir dosyada değişik saç renkleri gösterip boyamayı teklif ettiler. Boyayın diye başımla işaret ettim. Ne boyanın rengi umurumdaydı, ne de saçımın şekli. Siyah saçlarımı kestaneye boyadılar. Boya işi bittikten sonra, ayaklarım ovma yapalım dediler. Onu da kabul ettim. Üst kata çıktık. Burada yan yana kurulan aralarında perdeler olmayan yataklar vardı. Yalnız erkekleri ovma yapıyorlardı. Ayaklarımı iki kadın ovma yaptı. Sonra sırt gevşetmesi derken bütün vücudumu ovma yaptılar. Saçlarımı kestirmek için girmiştim. Bir sürü işler çıkartıp benden çok para aldılar. Dışarıda dikkat ettim. Şanghay deki bütün yaşlı Çinlilerin saçları siyahtı. Demek ki bunların hepsi saçlarını boyatıyorlar.

Kara May (Kara yağ)

Kazakistan sınırına yakın olan Kara May (Siyah Yağ) şehrine gelmiştik. Otobüs terminalinde dört saatten fazla bekledik.

Burada seyyar satıcılık yapan bir Uygur, kalıplar halinde kendi ürettiği „şerbet" dedikleri bir yiyeceği dilimleyip kilo işi satıyordu. Şerbet; ufaltılmış badem, ceviz, fındık, dut ve ezilmiş incirlerden üretilmiş bir yiyecektir. Bu yiyeceği Türkiye'de "Mesir macunu" veya "Kuvvet macunu" olarak satıyorlar. Tadı gerçekten çok lezzetliydi.

Otobüste tanıştığım bir Rus ile Şehir merkezini yürüyerek dolaştık. Kara May, ilk görüşte tam bir Çin şehridir. Uygurların yalnız dili değil, mimarisi de, Özbek mimarisine çok benziyor. Fakat burada Batı Türkistan sokaklarını hatırlatan hiç bir iz yok. Çinliler Doğu Türkistan'da ilk defa 1955 yılında petrolü Kara May da bulmuşlar. Burada da Uygurların nüfusu yüzde yirminin altına düşmüş. Eğer nüfus dengesi Doğu Türkistan'da değişmeye bu şekilde devam ederse Uygurların kaderi Mancurlardan farksız olmayacaktır.

Mancurlar, Çin'in, Japonya'ya yakın bir bölgesinde yaşıyorlardı. 17. Yüzyılda bütün Çin'i kapsayan Qing-Imparatorluğunu kurdular. Bu imparatorluktan Uygurlar da nasibini aldı. 1760'da Doğu Türkistan'ı işgal ettiler. 1863 yılına kadar 42 defa Uygurlar, Mancurlara karşı ayaklansalar da, ancak son ayaklanmalarında başarı göstererek Mancurları, Yakup Han beyin gayreteriyle ülkelerinden kovdular. Han Çinlileri için 1859 yılna kadar Mancurya'ya giriş kesinlikle yasaktı. Bu tarihten sonra Çinlilere giriş izni verildi. 1859 yılından 1939'a kadar, öyle çok Han Mancurya' ya göç etti ki, Mancurlar, öz vatanlarında eriyip yok oldular ve tarih sahnesinden 1949 yılından sonra silinip gittiler. Çin'in bugünkü tutumu hiç şüphesiz aynı uygulama ile Uygurları yok etmeye yöneliktir.

Tekrar yola çıkarken, Çinli otobüsün sahibi Kazakistan'a bizimle gelmedi. Başına bir şey gelecek diye korku dolu gözlerle beni süzüyordu. Çinlilerin canı çok kıymetlidir. Uygurların değil.

Kara May'dan gümrük çıkışna kısa bir süre sonra geldik. Yüzlerce Kazak'ın arasında ben de sıraya girmiştim. Arka tarafımdan bir genç bana, "Siz Türk müsünüz?" diye seslendi. "Evet, ya siz?" Delikanlı, "Ben Kazak'ım. Kazakistan'da Türk lisesinde okudum. Şimdi Urimci'de Üniversitede Çince öğrenmek için öğrenimime devam ediyorum." diye cevap verdi.

Çok güzel Türkçe konuşuyordu. Ne için geldiğimi sorunca, Doğu Türkistan'ı görmeye geldiğimi anlattım. Bana şaşkın ve tuhaf bakarak, "Fakat böyle bir memleket yok." dedi. "Dediğin doğru, şimdi yok, fakat tarihte vardı. Bu topraklarda yaşayan Uygurlar o devletin insanlarıdır." Bana Uygurlardan anlatmaya başladı. "Biliyor musunuz? Urumci'de en çok suç işleyenler, Uygur gençleridir. Çünkü onlara Çinliler iş vermiyor, bütün para getiren işler Çinlilerin elinde Uygurlar da para bulmak için yanlış işlere giriyorlar, oysa ülkelerinde iyi yaşam için her türlü doğal zenginlikler var." "Dediğin doğrudur." "Çinli bir yönetici

Uygurlar için, Uygurlar altın kapla dilenen bir halktır."
Cümlesini kullanmıştır.

Sabır ve sıkıntılarla bir kaç saat bekleyerek, Batı Türkistanlı ve birçok Kafkasyalı Türk'le tanışıp sohbet ederek, Kazakistan gümrük binasına giriş yaptım. Binada mavi kubbeli küçük bir mescit vardı, görünce Aksu gözlerimin önüne geldi. "Tozun toprağın içinde ibadet yapan insanlar."

İsteyen Müslümanlar burada, istedikleri gibi ibadetlerini yapabilirlerdi. Almaata'ya geldikten sonra, sanki bir hapishaneden kurtulmuş hissettim kendimi. Korkan insanların içindeki korku benim de yüreğine sinmişti. Burada din ve düşünce özgürlüğü vardı.

Almaata' da dört gün kaldım. Şehir çok gelişmiş görkemli binalar, geniş yolların, pazarların yanı sıra yol kenarlarına çeşmeler yapmışlar. Gelip geçenler sıcak günlerde susuzluklarını giderebiliyorlar. Bir köpek pazarına girdim. Rus satıcıları; kedi, köpek satıyorlardı. Hayvanlara eziyet etmemek için gölgelik yapmış su ve yem veriyorlardı. Turfan'da bir aşhanenin önünde kızgın güneşin altında yatan zavallı yaşlı bir Uygur adamı düşündüm gözlerim doldu.

Almanya'ya geldikten sonra ilk işim Akide'ye telefon açmak oldu. Gidip ağabeyini bulmuş, bana yardımlarımdan dolayı dua okudu. Ağabeyine toplam beş yıl hapis cezası verilmiş, daha dört yıl yatması gerekiyormuş.

Yollarda tanıştığım insanları belki bir daha görmeyeceğim, ama asla unutmayacağım.

133

12 yıl Sonra

2007 yılında yaptığım bu yolculuktan sonra İstanbul'da çektiğim fotoğrafları ve yazdığım kısa yazıyı bir kaç gazeteye götürdüm fakat hiç birisi yayınlamak istemediler. Bunun üzerine bu kitabı önce Türkçe sonra Almanca yazıp Almanya'da yayınladım. Aradan 12 yıl geçtiği halde ne orayı unutabildim, ne de tekrar cesaret edip gidebildim.

Orada gördüğüm halk arasındaki korku ve baskı kemiklerime kadar benim içime işlemişti ve bugüne kadar geçmedi. Fakat Uygur davasına sahip çıkmaya devam ettim.

2008 yılında kaldığım Kuçar şehrinde bir polis karakolunda patlama oldu bir kaç Çinli polis öldü. 2008 yılında yine Kaşgar şehrinde iki amca oğlu doğu Türk'ü bir kamyonu çalıp sabah talimi yapan Çinli Polislerin üstüne sürüp 16 Polisi öldürdüler. Kamyonun altından sağ çıkanları bıçalayarak son darbeyi vurdular. İki amca oğlu daha sonra 82 kişiyle yakalandı onlar idam edildiler. Nur Muhammet Yasın isimli şair kayıp oldu bir daha ondan haber çıkmadı.

2009 Çin'in sahil şehirlerinde iki Uygur Türkü bir fabrikada vahşice dövülerek öldürüldü, bunun üzerine Urimci'de halk gösteri düzenledi ayaklanma çıktı 200'den fazla Türk öldürüldü, bir kaç bin kişi kayıp oldu.

2014 yılında ünlü ilim adamı İlham Tohti haksız yere hapse atıldı ömür boyu hapis cezası verildi. kendisine insan hakları ödülü batılı ülkeler tarafından o hapisteyken verildi.

Çin, 2015 yılından sonra Uygurlara Pasaport vermeye başladı yurt dışına çıkanların hemen hepsi Tibetliler gibi lobi faliyetlerine başladı Çin bu kadarını tahmin etimiyordu. Artık onlarda bütün hür dünyaya seslerini duyurmayı başardılar mücadele devam ediyor. 2017 yılında Çin hükümeti, Uygurları

134

asimile etmek için toplama kampları kurdu 1,5-3 milyon Türk soydaşımız bu kamplara toplandı. Benim dostum Kurban`dan 2018 yılından beri haber alamıyorum o da kayıp oldu. Belki kamplardadır belki de öldürüldü. Çin hükümetine çok güvenen kominist Uygur Türklerini de toplayıp kamplara kapattılar. Çin`in tek bir amaci var bütün Türkleri asimile etmek. Onların Müslüman Çinlilerle bir sorunu yok tek sorun Türkler. Bütün camiler 2017 yılından sonra kapatılmaya ve yıkılmaya başlandı. Camilerin dışında bir çok mezarlık da yerle bir edildi.

2015 yılından sonra Türkiye`ye yaklaşık 90 bin Türk o bölgeden göç etti. Çinliler, Uygur ve Hanları sözde bir birine yakınlaştırmak için Doğu Türkistan`daki Türk ailelerin evlerine erkek devlet memurları dağıtmaya başladı. Onlar bu ailelerle bir arada yaşıyor ve bunu kendileri itiraf ettiler. Bu vahşet Uygur tanıkların iddaları ile sınırlı kalmadı. 2016 yılında Çinli bir araştırmacı Doğu Türklerinin sayısının 20 milyon olduğunu bir belgede yayınladı, Moğol asıllı başka bir akademisyen bu belgeleri İngilizceye çevirmişti oradan okudum. Kitapta bellirtiğim gibi Türklerin o bölgede sayıları 20 milyondur.

Turfanlı gençlerin bana hediye ettiği sanatçı Abdullah`ın vizit kartı hala cüzdanımda dolaşıyor. Urimci`de hediye edilen yade taşı ne oldu bilmiyorum. Almanya`da evde duruyordu galiba çocuklar ne olduğunu bilmeden attılar.

Eğer Doğu Türkistan kurtulacaksa bu ancak Batı Türkistan ve batının desteği ile mümkündür. Kendi kendilerini içten kurtama şansları asla yoktur.

Yararlanılan Kaynaklar

Doç. Dr. Iklil Kurban Kitapları

Mehmet Emin Batur, Hürgökbayrak yayınları
Kayseri/Türkiye

Prof. Dr. Juliboy Eltazarov, Samerkant Özbekistan

Faruk Zabacı, Hürriyet Londra/ Ingiltere 2008

Murat Kurnaz, 5 Jahre Meines Lebens, Berlin/ Almanya
2008

Albert Le Qok, Ost-turkıstan Von Land und Leuten
Leibzig/ Almanya 1928

Rabiya Kadeer, Chinas Staatsfeinden Nr. 1 München/
Almanya

Prof. Dr. Rahmeti, Zur Heilkunde der Uiguren
1932 Berlin/ Almanya

Der Spiegel dergileri, 2007-2008 Hamburg/ Almanya

National Geografick, Istanbul/Türkiye Uygur/Sincan 2000

Türkiye Gazetesi Ansiklopedisi, İstanbul